群芳自賞

菩提系列散文 之三

星月菩提

林清玄

著

作家出版社

（京权）图字：01-2017-3114

图书在版编目（CIP）数据

星月菩提 / 林清玄著 .—北京：作家出版社，2017.11
（林清玄菩提系列散文）
ISBN 978-7-5063-9452-9

Ⅰ.①星…　Ⅱ.①林…　Ⅲ.①散文集—中国—当代　Ⅳ.① I267

中国版本图书馆 CIP 数据核字（2017）第 079916 号

本著作物经厦门墨客知识产权代理有限公司，由九歌出版社有限公司授权作家出版社，在中国大陆出版、发行中文简体字版本。

星月菩提

作　　者：林清玄
责任编辑：省登宇
助理编辑：张文剑
装帧设计：粉粉猫
出版发行：作家出版社
社　　址：北京农展馆南里 10 号　　　邮　　编：100125
电话传真：86-10-65930756（出版发行部）
　　　　　86-10-65004079（总编室）
　　　　　86-10-65015116（邮购部）
E-mail:zuojia @ zuojia.net.cn
http://www.haozuojia.com（作家在线）
印　　刷：三河市北燕印装有限公司
成品尺寸：142×210
字　　数：170 千
印　　张：7.25
版　　次：2017 年 11 月第 1 版
印　　次：2017 年 11 月第 1 次印刷
ISBN 978-7-5063-9452-9
定　　价：35.00 元

目 录
CONTENTS

1

自　序

夏夜的时候，梅雨已经停了，满天的星星绕着一轮明月，我们走出屋外，所有污浊的空气都沉淀了，只留下犹带着梅雨清冷气息的风，从很远很远观音山的那头吹送过来。杨柳一样柔软的风，杏花一样细致的雨，这时我站在阳台上，不禁痴了，这是一个多么美的天空，有这样动人的星月照耀着我们。

午夜的星星和月亮有时会美得出乎人的意想，但有时看着星月我会想：在这个混乱的时代、匆忙的世界，到底有多少人和我同时看着星月呢？

能看星月、会看星月也不是简单的事，要有情致，还要有心。

其实，看星月或者不看星月，对我们都没有增减。一个注视现实生活无缘看星月的人，并不会觉得有所欠缺，而一个在抬头看星月得到心灵抚慰的人，也不能离开现实生活。因此，能欣赏天上的星月，固然让我们感到欣喜，却也是无关紧要的。

但是，天上星月乃是人的心灵照映，如果回到自我，一个人完全不能照见自己心灵里月的光辉与星的明亮，就非常可悲了。

我们的生活差不多是一样平凡的，但在平凡的日子，我们如何才能常葆不凡的心境来面对生活，甚至面对生命呢？这就需要时时在心中保有星月的光明。依照禅的说法，自性光明就是我们的月亮，而生活中点滴智慧的开启则如拱月的星星。

那么，我们是不是能任世界转动，而恒久散发月亮一样的光明呢？又是不是在生活里的任何观照都能点燃我们星星一样的智慧呢？

我们要看天上的星星月亮，只要晴天时走出屋外抬起头来就行了，但如果我们要观照心中的星月，没有别的路，就是反观自我，做菩提与般若的开启。

修行，就变成非常重要了。

我的《紫色菩提》和《凤眼菩提》出版后，得到许多读者的回响，有许多读者问我如何保持一个清明的观点来面对生活。说起来不难，就是在心中保持星月的光明罢了，所以我把"菩提系列"的第三部取名为《星月菩提》。

取名为《星月菩提》，还有一个重要的象征，从前，佛陀在星月菩提树下成正觉，从此，星月菩提树被称为"道树"或"觉树"。星月菩提树可以长到数百尺高，它长出的树子，上面有一个圆圈如月周罗，旁边圈绕着如星星的细点，称为"星月菩提子"。这种菩提子质地坚硬不易腐朽，所以又被称为"金刚子"。

星月菩提是做念珠最常用的菩提子，除了有质朴平凡的美，还有一种特质，就是它会依环境及持用的人而显现不同的色泽，染着水它就有水色，在清净的地方就有光滑的质地。在有修持的人手中，星月菩提就变成如玛瑙琥珀一样，有宝石的光润与辉煌。

有时遇到阴湿的天气，星月菩提子还会长出霉菌来，幸而它有坚实的质地，轻轻擦拭，就又光明如新了。

当我看着星月菩提子的时候，会觉得这小小的东西多么像我们的心，它有明亮的、坚韧的质地；虽然易于被外境染着而变化外表，但它的心性并不动摇。这样想来，佛陀从前坐在星月菩提树下觉悟到众生都有一样明净的佛性，也不是偶然的。

就在台北，光复南路、仁爱路、复兴南路一带也有许多星月菩提树，梅雨季节的时候，菩提树正在换装，翠绿的叶子落了一地，嫩黄的、橘红的叶子从枝丫中怒放出来，显得格外的美。

我走过台北街头的菩提树下，心里有深深的感动，这样小小的菩提树，原是在萧梁时代由智药三藏法师移植到中国，然后移植到江南，最后才到了台北，经过那么长而波动的时空，菩提树还是与佛陀坐在树下时一样的美，一样的明净而庄严。

可惜的是，在都市的菩提树，只有几尺高，而且不会开花结果，这难免令人感到遗憾，并且思考到生活在都市的现代人，不也是和都市的菩提树一样吗？同样的菩提树，由于疏于照顾、时空不同，竟已经无法结子了。

我们眼见的菩提树是如此，我们心里的菩提呢？除了赞叹菩提的美，是不是还有壮大与结子的愿力呢？

走过菩提树下，我得到深刻的启示，其实，生活的事事物物不都在启发我们的智慧吗？只是我们心中没有星月、没有菩提，不能见及罢了。

这本《星月菩提》正是更契入现实生活，在生活中寻找智慧之泉的结集；比起《紫色菩提》《凤眼菩提》仿佛又向前走了一段路。

在写作"菩提系列"期间，收到无数读者来信质疑、鞭策，与鼓励，给我很大的写作动力，虽然因为事忙无法一一回复，但我在心里一直觉得感激，并回向给这些特别爱护我的人。有许多读者问起我的菩提因缘，我无法一一回答，在这里附录一篇释果淳法师的访问稿，作为对这个问题的回答，这篇文章曾刊登于《人生杂志》。

同样的，这本书也是在我的老师廖慧娟指导下，才能有一些更圆融的观点，在这里要特别向她敬礼。也要再度感谢妻子小銮的鼓励与督促。

最后，把这本书的功德回向给法界一切众生，并与有缘众生一起发愿：

愿消三障诸烦恼

愿得智慧真明了

普愿罪障悉消除

世世常行菩萨道

林清玄

一九八七年六月

于台北安和路客寓

"菩提十书"新序
——致大陆读者

一花一净土，一土一如来

三十岁的时候，在世俗的眼光里，我迈入了人生的峰顶。

我得到了所有重要的文学奖项，我写的书都在畅销排行榜上，我在报纸杂志上有十八个专栏。

我在一家最大的报社，担任一级主管，并兼任一家电视台的主管。我在一家最大的广播公司主持每天播出的带状节目，还在一家电视台主持每周播出的深入报道节目。

我应邀到各地的演讲，一年讲二百场。

"世俗"的成功，并未带给我预期的快乐，反而使我焦虑、彷徨、烦恼，睡眠不足，食不知味。

我像被打在圆圈中的陀螺，不停地旋转，却没有前进的方向，也不知道什么时候会倒下来。

有一天，我在报社等着看大样，发现抽屉里有一本朋友送我的书《至尊奥义书》，有印度的原文，还有中文解说。

随意翻阅，一段话跳上我的眼睛：

"一个人到了三十岁，应该把所有的时间用来觉悟。"

我好像被人打了一拳，我正好三十岁，不但没有把所有的时间用来觉悟，连一分钟的觉悟也没有，觉悟，是什么呢？

再往下翻阅：

"到了三十岁，如果没有把全部的时间用来觉悟，就是一步一步地走向死亡的道路！"

我从椅子上跳起来，感到惊骇莫名，自己正一步一步走向死亡的道路还不自知呀！

从那一个夜晚开始，我每天都在想：觉悟是什么？要如何走向觉悟之路？

一个月后，我停止了主持的广播节目和电视节目，也停止了大部分的专栏。

三个月后，我入山闭关，早上在小屋读经打坐，下午在森林散步，晚上读经打坐。

我个人身心的变化，可以用"革命"来形容，为了寻找觉悟，我的人生已经走向完全不同的路向。

走上独醒与独行的路

那一段翻天覆地的改变，经过近三十年了，虽说已云淡风轻，但每次思及当时的毅然决然，依然感到震动。

我的全身心都渴求着"觉悟"，这种渴求觉悟的内在骚动，使我再也无法安住于世俗的追求了。

虽然，"觉悟"于我只是一个模糊的概念，分不清是净土宗觉悟到世间的秽陋，寻找究竟的佛国，或者是密宗觉悟到佛我一体的三密相应，或者是华严宗觉悟到世界即是法界，庄严世界万有，或者是天台宗觉悟到真理是普遍存在的，一色一香，无非中道！

我的"觉悟"最接近的是禅宗的"顿"，是"佛性的觉醒"，是不论我们沉睡了多么长的时间，醒来都只是短暂的片刻。

很庆幸，我在三十岁的某一个深夜，醒来了！

也就是在那个醒来，我开始写作第一本菩提的书《紫色菩提》，我会再提笔写作，是因为"佛教的思想这么好，知道的人却这么少"，希望用更浅白的文字来讲佛教思想。

其次是理解到，佛教的修行不离于生活，禅宗的修行从来不是贵族的，它自始至终都站在庶民大众的身边。它的思想简明易懂又容易修行，它不墨守成规，对经论采取自由的态度。

自从百丈之后，耕田、收成、运水、搬柴，乃至吃饭、喝茶，禅的修行深入于生活的每一个细节。

如果能在觉悟的过程，将生活、读书、修行、写作冶成一炉，应该可以创造一些新的思想吧！

我的"菩提系列"就是在这种心情下开始创作的，我的闭关内容也有了改变，早上读经打坐，下午在森林经行，晚上则伏案写作。

经过近十年的时间，总共写了十本"菩提"，当时在台湾交由九歌出版社出版，引起读书界的轰动，被出版业选为"四十年来最畅销及最有影响力的书"。

后来，授权给北京的作家出版社，出版了简体字版，也是轰动一时，成为许多大陆青年的床头书。

三十年前，我的人生走向了一条分叉的路，如果在世俗的轨道继续向前走，走向人群熙攘的路，会是如何呢？

我走上了人迹罕至的路，走上了独行与独醒的路，到如今还为了追寻更高的境界，努力不懈。

我能无悔，是因为步步留心，留下了"菩提系列""禅心大地系列""现代佛典系列""身心安顿系列"，《打开心内的门窗》《走向光明的所在》……

我确信，对于彷徨的现代人，这些寻找觉悟之道的书，能使他们得到启发，在世俗的沉睡中醒来。

学习看见自己的心

"觉悟"在生命里是神奇的，正是"千年暗室，一灯即明"，不管黑暗有多久，沉睡了多么长的时间，只要点燃了一盏小小的灯火，一切就明明白白、无所隐藏了！

"觉悟"不只是张开心眼来看世界，使世界有全新的面目；也是跳出自我的执着，从一个全新的眼睛，来回观自己的心、自己的爱、自己的人生。

"觉"是"学习来看见"，"悟"是"我的心"，最简明地说，"觉悟"就是"学习看见自己的心"。

"觉悟"乃是与"菩提"连成一线的,《大日经》说:"云何菩提,谓如实知自心。"

这是为什么我在写"菩提系列"时,把书名定为"菩提"的原因,它缘于觉悟,又涵盖了觉悟,它涵容了佛教里一些"无法翻译"的内涵,例如禅那、般若、三昧、南无、波罗蜜多等等。

"菩提"在正统的佛教概念里,原是"断绝世间烦恼而成就涅槃智慧"的意思,但由于它的不译,就有了无限的延展和无限的可能。

我想要书写的,其实很简单,不只是佛教的修行能改变人生,就在我们生活里,也有无限延展和无限可能。

"菩提"的具体呈现是"菩提萨埵",也就简称"菩萨","菩提"是"觉","萨埵"是"有情"。

"觉有情"这三个字真美,我曾写过一本书《以有情觉有情》,来阐明这个道理:菩萨的行履过处,正是以更深刻的情感来使有情的众生得到觉悟,而每一个有情时刻都是觉悟的契机。

生活是苦难的,生命是无常的,但即使是最苦的时候,都能看见晚霞的美丽;最艰难的日子,都能感受天空的蔚蓝与海洋的辽阔。纵是最无常的历程,小草依然翠绿,霜叶还是嫣红。

道由白云尽,春与青溪长;时有落花至,远随流水香。白云与青溪,落花与流水,都是长在的,并不会随着因缘的变幻、生命的苦谛而失去!

"菩提十书"写的正是这种心事,恰如庞蕴居士说的"一念心清净,处处莲花开;一花一净土,一土一如来",生命里若还有阴晴不定，生活里若还有隐晦不明，那是因为我们还没有触事遇缘都生起菩提呀！

　　我把"菩提十书"重新授权给大陆出版，时光流变已过半甲子，年华渐老、思想如新，祈愿读者在这套书中，可以触到觉悟与菩提的契机！

林清玄

二〇一二年秋天

台北清淳斋

卷一　波罗蜜

养着水母的秋天

　　从南部的贝壳海岸回来，带回来两个巨大的纯白珊瑚礁石。

　　由于长久埋在海边，那白色珊瑚礁放了许多天都依然润泽，只是缓慢地褪去水分，逐渐露出外表规则而美丽的纹理。但同时我也发现了，失去水分的珊瑚礁仿佛逐渐失去生命的机能，连色泽也没有那样精灿光亮了。当然，我手里的珊瑚礁不知道在多久以前已经死亡，因于长期濡染海浪的关系，它好像容蕴了海的生命，不曾死去。

　　为了让珊瑚礁能不失去色泽与生机，我把它们放进一个巨大的玻璃箱里，那玻璃箱原是孩子养水族的工具，在鱼类死亡后已经空了许久。我把箱子注满水，并在上面点了一只明亮的灯。

　　在水的围绕与灯的照耀下，珊瑚礁重新醒觉了似的，恢复了我在海边初见时那不可正视的逼人的白色，虽然没有海浪和潮声，它的饱满圆润也如同在海边一样。

　　我时常坐在玻璃箱旁，静静地看着这两块在海边极平凡的礁

3

石，它虽然平凡，但是要找到纯白不含一丝杂质，圆得没有半点欠缺的珊瑚礁也不容易。这种白色的珊瑚礁原是来自深海的生物，在它死亡后被强劲的海浪冲击到岸上来，刚上岸的时候它是不规则的，要经过千百年一再的冲刷，才使它的外表完全被磨平，呈现出白玉一般的质地。

圆润的白色珊瑚礁形成的过程，本身就带着一些不可思议的神秘气息，宜于时空的联想。在深海里许多许多年，在海浪里被推送许多许多年，站在沙岸上许多许多年，然后才被我捡拾。如果我们从不会见，再过许多许多年，它就粉碎成为海岸上铺满的白色细沙了。面对海的事物，时空是不能计算的，一粒贝壳沙的形成，有时都要万年以上的时间。因此，我们看待海的事物——包括海的本身、海流、海浪、礁石、贝壳、珊瑚，乃至海边的一粒沙——重要的不是知道它历经多少时间，而是能否在其中听到一些海的消息。海的消息？是的，就像我坐在珊瑚礁的前面，止息了一切心灵的纷扰，就听到从最细微处涌动的海潮音，像是我在海岸旅行时所听见的一般。海的消息是不论我们离开海边多久，都那样亲近而又辽远、细微而又巨大、深刻而又永久。

有一个从海岸迁居到都市的老人告诉我，从海岸来的人在临终的时候，转身面向故乡的海，最后一刻所听见的潮声，与他初生时听见的海潮音之第一印象，是完全相同的。"所以，海边来到都市的人们，死时总面向着海，脸上带着一种似有若无似笑非笑的苍茫神情，那种表情就像黄昏最后时刻，海上所迷离的雾气呀！"老人这样下着结论。

我边听老人的说话，边就起了迷思：那一个初生的婴儿，我们顺着他的啼声往前追索，不管他往什么方向哭，最后是不是都到了海边呢？那一个临终的老人，我们顺着他的眼睛往远处推去，不管他躺卧什么方向，最后是不是都到了海岸呢？我们是住在七山八海交互围绕的世界，所以此岸就是彼岸，彼岸就是此岸，都市汹涌的人群是潮水的一种变奏，人潮中迷茫的眼睛，何尝不是海岸上的沙呢？

对于海，问题不在我们的时空、距离、位置，问题在于我们能不能体贴海的消息。眼前的白色珊瑚礁在某些时候，确实让我想到临终时在心里听到海潮音的老人。他闭着眼睛，身体僵硬如石，石心里还有温暖的质地，那是属于海的部分，不能够改变的。

我养了那两个礁石很久，有一天，夜里开灯，突然看见了水面上翻滚漂浮着的一群生物，在灯光下闪动着荧光。我感到十分吃惊，仔细地看那群生物，它们的身体很小，小得如同初生婴儿小拇指上的指甲，身上的颜色灰褐透明，两旁则有无数像手一样的东西在划动着，当它浮到水面，一翻身，反射灯光就放出磷火一样的光芒。它身体的形状也像一片指甲，但也像一把伞，背后还有细微几至不可辨认的黑点。

这一群不知从哪里冒出来的生物就像太空船忽然来临，使我惶惑，到底这是什么生物？什么因缘突然出生在水箱里？我只能判别这群生物的诞生必与珊瑚礁石有关，其他什么都不知道。

直到有一天来了一位懂生物的朋友，他大叫一声："哎呀！这是水母嘛！"我们坐着研究半天，才做出这样的结论：水母由体腔壁排卵，卵子孵化为胚以后，就会附着在海上的物体，像礁石一类，过一段时间从胚中横裂分离，就生出水母，一个胚分裂后会变成一群水母，我从海岸携回的白色珊瑚礁原来就有水母胚胎的附着，到水箱以后才分裂出生了一大群小水母。

"这已经是最合理的推论了，不过，"朋友带着疑惑的表情说，"理论上，水母在淡水，尤其是自来水出生，一定会立刻死亡，不会活这么久。"我们同时把目光移向在水里快乐游动的水母，它们已经活了几十天，应该还会继续活下去。

朋友说："有一点似乎可以解释这奇怪的现象，有些科学家实验在水中生孩子，小孩生下来自然就会游泳，反过来说，水母在淡水中生活也不是不可能。"

接下来许多日子的深夜，我都会想着水母在水箱中存活的原因，它们在水箱中诞生的时候，并不知道这世界上有海，当然也没有海水的记忆，这使它可以毫无遗憾地在注满自来水的玻璃箱中生活，水母和人其实没什么不同，今日生活在欧美严寒雪地中的黑人，如何能记忆他们热带蛮荒中的祖先呢？

水母在水箱中活着，却也带给我一些恐慌，那是因为问遍所有的鱼店，没有一个人知道如何养水母，只好偶尔用海藻来喂它们，幸而水母也一天天长大，养了一整个秋天，每一只水母都长得像大拇指甲一样大了。自然，这些水母赢得了无数的赞叹，水族馆中任何名贵的水族也不能相比。

当我还在痴心妄想水母是不是可以长得像海面上的品种那么巨大的时候，水母就一只一只在箱中死亡，冬天才开始不久，一群水母就死光了。我找不出它们死亡的原因，是由于冬季太冷吗？海上的冬天不是比水箱更冷！是由于突然有了海的记忆吗？

已经过了这么久，哪里还会在意！或者是由于某些不知的意识突然抬头而意识到自己只能在海里生存吗？

水母没有给我任何回声，我唯一能确信的，是那些水母临终的最后一刻，一定能听见海的潮声，虽然它们初生时并未听见。

水母死后，我经历了一段时间的忧伤，就像海边的渔民遇到东北季风。一直到有一天我和一群朋友相见，我指着水箱对他们说："在这个水箱里我曾经养过一群水母，养了一整个秋天。"竟然没有一个人肯完全地相信，因为水箱早已空了，只剩下两块失去海色的珊瑚礁，当朋友说"骗鬼！"的时候，我才真正从隐秘的忧伤中醒来。

海潮、水母、秋天、贝壳海岸，都是多么真实的东西，只是因为时间，所以不在了。

我想到，带我去贝壳沙滩的朋友，他说："主要的是去见识整个海岸布满贝壳沙的情景，捡贝壳还是小事。"最后，我没有捡贝壳，却在海岸的角落带回珊瑚礁，于是就有了水箱、有了水母，以及因水母而心情变化的秋天，还时常念记着海天的苍茫……这种真实，其实是时间偶遇的因缘。

因缘固然能使我们相遇，也能使我们离散，只要我们足够明净，相遇时就能听见互相心海的消息，即使是离散了，海潮仍然涌动，偶尔也会记起，海面上的深夜，曾有过水母美丽的磷光，点缀着黑暗。

在时间上、在广大里、在黑暗中、在忧伤深处、在冷漠之际，我们若能时而真挚地对望一眼，知道石心里还有温暖的质地，也就够了。

猫头鹰人

在信义路上，有一个卖猫头鹰的人，平常他的摊子上总有七八只小猫头鹰，最多的时候摆十几只，一笼笼叠高起来，形成一个很奇异的画面。

他的生意顶不错，从每次路过时看到笼子里的猫头鹰全部换了颜色可以知道。他的猫头鹰种类既多，大小也很齐全，有的猫头鹰很小，小到像还没有出过巢，有的很老，老到仿佛已经不能飞动。

我注意到卖鹰人是很偶然的，一年多前我带孩子散步经过，孩子拼命吵闹，想要买下一只关在笼子里的小猫头鹰。那时，卖鹰的人还在卖兔子，摊子上只摆了一只猫头鹰，卖鹰者努力向我推销说："这只鹰仔是前天才捉到的，也是我第一次来卖猫头鹰，先生，给孩子买下来吧！你看他那么喜欢。"我这才注意到眼前卖鹰的中年人，看起来非常质朴，是刚从乡下到城市谋生活的样子。

我没有给孩子买鹰，那是因为我一向反对把任何动物关在笼子里，而且我对孩子说："如果都没有人买猫头鹰，卖鹰的人以后就不会到山上去捉猫头鹰了，你看，这只鹰这么小，它的爸爸妈妈一定为找不到它在着急呢！"孩子买不成猫头鹰，央求站在前面再看一会儿，正看的时候，有人以五百元买了那只鹰，孩子哇啦一声，不舍地哭了出来。

此后我常常看见卖鹰的人，他的规模一天比一天大，到后来干脆不卖兔子，只卖猫头鹰，定价从五百五十元到一千元左右，生意好的时候，一个月卖掉几十只。我想不通他从何处捕到那么多的猫头鹰，有一次闲谈起来，才知道台湾深山里还有许多猫头鹰，他光是在坪林一带的山里一天就能捕到几只。

他说："猫头鹰很受欢迎呢！因为它不吵，又容易驯服，生意太好了，我现在连兔子也不卖了，专卖鹰。一有空我就到山上去捉，大部分捉到还在巢中的小鹰，运气好的时候，也能捉到它们的父母……"

我劝他说："你别捉鹰了，捉鹰的时间做别的也一样赚那么多钱。"

他说："那不同呢！捉鹰是免本钱稳赚不赔的。"

对这样的人，我也不能再说什么了。

后来我改变散步的路线，有一年多没有见过卖猫头鹰的人，前不久我又路过那一带，再度看到卖鹰者，他还在同一个街角卖鹰，猫头鹰笼子仍然一个叠着一个。

当我看见他时，大大吃了一惊，那卖鹰者的长相与一年前我见到他时完全不同了。他的长相几乎变得和他卖的猫头鹰一样，耳朵上举、头发扬散、鹰钩鼻、眼睛大而瞳仁细小、嘴唇紧抿，身上还穿着灰色掺杂褐色的大毛衣，坐在那里就像是一只大的猫头鹰，只是有着人形罢了。

短短一年多的时间，为什么使一个人的长相完全不同了呢？这巨大的变化是从何而来呢？我努力思索卖鹰者改变面貌的原因。我想到，做了很久屠夫的人，脸上的每道横肉，都长得和他杀的动物一样。而鱼市场的鱼贩子，不管怎么洗澡，毛孔里都会流出鱼的腥味。我又想到，在银行柜台数钞票很久的人，脸上的表情就像一张钞票，冷漠而势利。在小机关当主管作威作福的人，日子久了，脸变得像一张公文，格式十分僵化，内容逢迎拍马。坐在电脑前面忘记人的品质的人，长相就像一台电脑。还有，跑社会新闻的记者，到后来，长相就如同社会版上的照片……

原因是这样来的吗？或者是像电影电视上演坏人的演员，到后来就长成一脸坏相，因为他打从心里一直坏出来，到最后就无法辨认了。还有那些演色情片的演员，当她们裸裎的照片登在杂志上，我们仿佛只看到一块肥腻的肉，却看不见她们的心灵或面貌了。

一个人的职业、习气、心念、环境都会塑造他的长相和表情，这是人人都知道的，但像卖猫头鹰的人改变那么巨大而迅速，却仍然出乎我的预想。我的眼前闪过一串影像，卖鹰者夜里去观察鹰的巢穴，白天去捕捉，回家做鹰的陷阱，连睡梦中都想着捕鹰的方法，心心念念在鹰的身上，到后来自己长成一只猫头鹰都已经不自觉了。

我从卖鹰者的前面走过，和他打招呼，他居然完全忘记我了，就如同白天的猫头鹰，眼睛茫然失神，他只是说："先生，要不要买一只猫头鹰，山上刚捉来的。"

这使我在后来的散步里，想起了三千年前瑜伽行者的一部经典《圣博伽瓦谭》中所记载，巴拉达国王的故事。

巴拉达国王盛年的时候，弃绝了他的王后、家族、和广袤的王国，到森林里去，那是他相信古印度的经典，认为人应该把中年以后的岁月用于自觉。

他在森林中过着苦行生活，仅仅食用果子和根菜植物，每日专注地冥想，经过一段时间，他的自我从身中醒觉了过来。有一天他正在冥思，忽然看到一只母鹿到河边饮水，随着又听到不远处狮子的大吼，母鹿大吃一惊，正要逃跑的时候，一只小鹿从它的子宫堕下，跌入河中的急流里，母鹿害怕得全身颤抖，在流产之后就死去了。

巴拉达眼看小鹿被冲向下游，动了恻隐之心，便从河里救起小鹿，把小鹿带在自己身边。从此他和小鹿一起睡觉、一起走路、一起洗澡、一起进食，他对待小鹿就如同对待自己的孩子，自己的心念完全系在小鹿身上。

有一天，小鹿不见了。巴拉达陷入了非常焦躁的意念里，担心着小鹿的安危，就像失去了儿子一样，他完全无法冥思，因为想的都是小鹿，最后他忍不住启程去寻找小鹿，在黑暗森林里，他如痴如狂呼唤小鹿的名字，终于不小心跌倒了，受了重伤。就在他临终的时候，小鹿突然出现在他的身边，就像爱子看着父亲一样看着他，就这样，巴拉达的心念和精神全部集中在小鹿身上，他下次醒来的时候，发现自己成为一头鹿，这已经是他的下一世了。

这是瑜伽对于意念的看法，意念不仅对容貌有着影响，巴拉达因疼爱小鹿，都因而沉进了轮回的转动，那么，捕捉贩卖猫头鹰的人，长相日益变成猫头鹰又有什么奇怪呢？

和朋友谈起猫头鹰人长相变异的故事，朋友说："其实，变的不只是卖鹰的人，你对人的观照也改变了。卖鹰者的长相本来就那样子，只是习气与生活的濡染改变了他的神色和气质罢了。我们从前没有透过内省，不能见到他的真面目，当我们的内心清明如镜，就能从他的外貌进而进入他的神色和气质了。"

难道，我也改变了吗？

在这个世界上，我们的意念都如在森林中的小鹿，迷乱地跳跃与奔跑，这纷乱的念头固然值得担忧，总还不偏离人的道路。一旦我们的意念顺着轨道往偏邪的道路如火车开去，出发的时候好像没有什么，走远了，就难以回头了。所以，向前走的时候每天反顾一下，看看自我意念的轨道是多么重要呀！

我们不只要常常擦拭自己的心灵之镜，来照见世间的真相；也要常常照照镜子，看看自己的长相与昨日的不同；更要照心灵之镜，才不会走向偏邪的道路。卖猫头鹰的人每天面对猫头鹰，就像在照镜子，我们面对自己俗恶的习气，何尝不是在照镜子呢？

想到这里，有一个人与我错身而过，我闻到栗子的芳香从他身上溢出，抬头一看，果然是天天在街角卖糖炒栗子的小贩。

想象的城堡

　　一位在现代社会受够了烦郁与挫折的青年，决心去找老师学禅，希望能断除生命的烦恼。

　　他终于在毗邻着海岸的松林中，见到了一个禅师。青年开始向老师诉说他在生活、社会，及情爱中所遭受的种种烦恼，并且说出希望来学习禅的愿望。

　　安静沉默的禅师，不知道有没有听到青年的诉苦，因为他的眼睛总是看着木屋前的连绵松林，眺望着山崖远方的大海，等到青年停止了说话，禅师自言自语地说："这帆船遇到满帆的风，行走得好快呀！"

　　青年转头看海，看到一艘帆船正迎风破浪前进，但随即回过头来，他以为禅师并没有听懂他的意思，于是加重语气地诉说了自己的种种痛苦，因为他在个人的烦恼、爱情的破灭、社会的缺陷、人类的前途中已经快要纠结而发狂了。

　　禅师好像在听，好像不在听，依然眺望着海中的帆船，自言自语地说："你还是想想办法，停止那艘行走的帆船吧！"

说完，就起身走了。青年感到非常茫然，他的问题甚至没有任何解答，只好回家去。过几天以后，他又来拜见禅师，一进门就躺在地上，两脚竖起，用左脚脚趾扯开右脚的裤管，他的形状正像一艘满风的帆船。

老禅师会心地笑了，随手打开西窗说："你能让那座山行走吗？"青年没有答话，站起来在室内走了三四步，然后坐下来，向老师顶礼，礼拜完后默然下山离去，再度投入红尘。

读完这个故事，我们心里会有一些感受，禅师事实上并未回答青年的问题，青年却自己找到了答案。禅师所回答的有两个层次，一是解决生活乃至生命的苦恼，并不在苦恼的本身，而是在一个开阔的心灵世界，需要想象的开拓，就如同从社会的苦闷进入海洋的帆船一样。二是只有止息心的纷扰，才不会被外在的苦恼困住，因此要解脱烦恼，还不如解脱自我意念的清静，正如在满风时使帆船停止。

这种得到自我和谐，不被外境所转动的，是一种禅的消息，也就是"禅心"。

生活在现代社会里，我们每个人都像那被情感、家庭、社会所缠绕的青年，找不到平安的所在，有许多人就那样痛苦地过了一生。

也许，禅的世界里那不可思议的、非思量的、当下即是的、无上微妙的禅心，是我们难以体会的。我们不能把自己变成一艘悠游的帆船，或一座移动的山，但我们把注视人生现实苦闷纠葛的眼光，抬起来，看看屋外的松林，听听松涛的呼唤；甚至往远处眺望无限的大海，以及满风的帆船，而使心中有对生命新的转移与看待，并不是太困难的事。

不能进入禅世界的现代人，也应该在心灵中保有一座想象的城堡，每天有一段时间沉静下来不随着外在世界的事物转动，洗涤自己、清明自己、沉默自己，使自己在想象上有比真实生活更大的时空，具有澎湃宽广的胸襟，才能使苦恼的伤害减到最低。

我时常把进入想象城堡的时间称为"清凉时间"，有了清凉时间才可以使一个平常人也有非凡的生活智慧，也才能做一个平常而不平凡的人。

不封冻的井

和一位朋友到一家店里叫了饮料，朋友喝了一口忍不住吃惊地赞叹起来："这是什么东西，这么好喝？"

"这是木瓜牛奶呀！"我比他更吃惊。

"木瓜牛奶是什么做的？"

"木瓜牛奶就是木瓜加牛奶，用果汁机打在一起做成的。"然后我试探地问："难道你没有喝过木瓜牛奶吗？"

"是呀！这是我第一次喝到木瓜牛奶。"朋友理直气壮地说。

真是不可思议的事，对我来说，一个人在台湾生活了三十年而没有喝过木瓜牛奶，就仿佛不是台湾人一样。对我的朋友来说却是自然的，因为他是世家子弟，家教非常严格，从小的自由非常有限，甚至不准在外面用餐。当然，他们家三餐都有佣人打理，出门有司机，叠被铺床都没有自己动过手，更别说洗衣拿扫把了。

到三十岁才有一点点自由，这自由也只是喝一杯路边的木瓜牛奶汁而已。

对生长在台湾南部贫困乡村的我，朋友像是来自外太空的人，我们过去的生活几乎没有重叠的部分。在乡下，我们生活的每一分钱都是流汗流血奋斗的结果，小孩还没有到上学的年龄就要下田帮忙农事，大到推动一辆三轮板车，小至缝一枚掉了的扣子，都是六七岁时就要亲手去做。而小街边的食物便是我们快乐的泉源，像木瓜牛奶这么高级的东西不用说，能喝到杨桃水、绿豆汤已经谢天谢地，纵使是一支红糖冰棒，或一盘浇了香蕉油的刨冰，就能使我们快乐不置了。

有时候我们不免也会羡慕有钱人家的孩子，但当知道有钱人的孩子不能全身脱光到溪边游泳，或者下完课不能在田野的烂泥里玩杀刀的时候，我们都很同情有钱人的孩子。

在我们那个年代的农村里，孩子几乎没有任何物质的欲望，因为知道即使有物质欲望也不能获得，最后就完全舍弃了。无欲则刚，到后来我们即使赤着脚、穿破衣去上学，也充满了自信和快乐。

这其实没有什么秘诀，只是深信物质之外，还有一些能使我们快乐的事物不是来自物质。而且对这个世界保持微微喜悦的心情，知道在匮乏的生活里也能有丰满的快乐，便宜的食物也有好吃的味道，小环境里也有远大的梦想——这些卑中之尊、贱中之美、小中之大，乃至于丑中之美、坏中之好，都是因微细喜悦的心情才能体会。

在夏天里，我深信坐在冷气房里喝冰镇莲子汤的美味，远远比不上在田中流汗工作，然后在小路上灌一大碗好心人的"奉茶"，奉茶不是舌头到喉管的美味，而是心情互相体贴而感到的欢喜。

在禅宗的《碧岩录》里有一个故事，德云禅师和一位痴圣人一起去担挑积雪，希望能把井口埋起来，引起了别人的讪笑，当然，雪无法把井口埋住是大家都知道的，德云法师为什么要担雪埋井呢？他是启示了一个伟大的反面教化，这个教化是：如果你心底有一口泉涌的井，还怕会被寒冷的雪封埋吗？

不要羡慕别人门头没有雪，自己挖一口泉涌的井才是要紧的事。

"不封冻的井"是一个多么深邃的启示，它是突破冷漠世界的挚情，是改变丑陋环境成为优美境地的心思，是短暂生命里不断有活力萌芽的救济。

心井永不封冻，就能使我们卓然不群，不随流俗与物欲转动了。

在路边自由地喝杯木瓜牛奶，滋味不见得会比人参汤逊色呀！

月到天心

二十多年前的乡下没有路灯，夜里穿过田野要回到家里，差不多是摸黑的，平常时日，都是借着微明的天光，摸索着回家。

偶尔有星星，就亮了很多，感觉到心里也有星星的光明。

如果是有月亮的时候，心里就整个沉定下来，丝毫没有了黑夜的恐惧。在台湾南部，尤其是夏夜，月亮的光格外有辉煌的光明，能使整条山路都清清楚楚地延展出来。

乡下的月光是很难形容的，它不像太阳的投影是从外面来的，它的光明有如从草树、从街路、从花叶，乃至从屋檐、墙垣内部微微地渗出，有时会误以为万事万物的本身有着自在的光明。假如夜深有雾，到处都弥漫着清气，当萤火虫成群飞过，仿佛是月光所掉落出来的精灵。

每一种月光下的事物都有了光明，真是好！

更好的是，在月光底下，我们也觉得自己心里有着月亮、有着光明，那光明虽不如阳光温暖，却是清凉的，从头顶的发到脚尖的趾甲都感受到月的清凉。

　　走一段路，抬起头来，月亮总是跟着我们，照看我们。在童年的岁月里，我们心目中的月亮有一种亲切的生命，就如同有人提灯为我们引路一样。我们在路上，月在路上；我们在山顶，月在山顶；我们在江边，月在江中；我们回到家里，月正好在家屋门前。

　　直到如今，童年看月的景象，以及月光下的乡村都还历历如绘。但对于月之随人却带着一些迷思，月亮永远跟随我们，到底是错觉还是真实的呢？可以说它既是错觉，也是真实。由于我们知道月亮只有一个，人人却都认为月亮跟随自己，这是错觉；但当月亮伴随我们时，我们感觉到月是唯一的，只为我照耀，这是真实。

　　长大以后才知道，真正的事实是，每一个人心中有一片月，它是独一无二、光明湛然的，当月亮照耀我们时，它反映着月光，我们感觉天上的月也是心中的月。在这个世界上，每个人心里都有月亮埋藏，只是自己不知罢了。只有极少数的人，在最黑暗的时刻，仍然放散月的光明，那是知觉到自己就是月亮的人。

　　这是为什么禅宗把直指人心称为"指月"，指着天上的月叫人看，见了月就应忘指；教化人心里都有月的光明，光明显现时就应舍弃教化。无非是标明了人心之月与天边之月是相应的、含容的，所以才说"千江有水千江月，万里无云万里天"，即使江水千条，条条里都有一轮明月。从前读过许多诵月的诗，有一些颇能说出"心中之月"的境界，例如王阳明的《蔽月山房》：

山近月远觉月小，便道此山大于月。

若人有眼大如天，当见山高月更阔。

确实，如果我们能把心眼放开到天一样大，月不就在其中吗？只是一般人心眼小，看起来山就大于月亮了。还有一首是宋朝理学家邵雍写的《清夜吟》：

月到天心处，风来水面时。

一般清意味，料得少人知。

月到天心、风来水面，都有着清凉明净的意味，只有微细的心情才能体会，一般人是不能知道的。

我们看月，如果只看到天上之月，没有见到心灵之月，则月亮只是极短暂的偶遇，哪里谈得上什么永恒之美呢？

所以回到自己，让自己光明吧！

流浪水

　　孩子跟随老师到海边去，回来后用了一夜的时间，告诉我海边的事。

　　他们到海边后去看海、吃鱼丸、坐渡轮，他说："渡轮上有一个像电扇一样旋转的东西，一直噗噗噗打着海水，海水被打到后面去，渡轮只好前进了。"

　　他说："老师叫我们蹲着，伸手去摸海水，海水好冰喔，比我们家水龙头的水还冰。"

　　他说："海好大好大，有好多的鱼、虾、螃蟹都可以在里面生活，但是他们可能没有办法游遍整个海，因为太大了嘛！对不对？"

　　……

　　我问孩子："那么，你对海，觉得最好玩的是什么？"

　　他说："是流浪水。"

　　"流浪水？"

"是呀！流浪水就是一下子打到海边上又退回去，隔一下子又打到海边上的那种水。许多鱼呀虾呀都跟着流浪水，流上来呀，又流下去。它们一生下来就在流浪水里，长大了在流浪水里，最后死了也在流浪水里。老师说，有很多鱼虾长在海底，那里的水不是流来流去，很可能它们从来不知道自己生在流浪水里……"

我对孩子说："那不叫流浪水，那是海浪。"

"流浪水不就是海浪吗？"孩子用天真的眼睛看着我。

"对，流浪水就是海浪。"我说。

孩子才安心地去睡觉了。

深夜里，我思考着孩子的话，所有的海中动物是生长在流浪水里，它们一生都在海里流浪着，当然从来没有一只海中的动物可以游遍整个海。有很多深海里的动物，从来不知道海是一波一波地流浪着，然后它们在无波的深海里，平静地死去。

流浪水是多么美丽的海之印象呀！

海的动物是生活在流浪水里，我们陆上的众生何尝不是生活在流浪水里呢？我们的流浪水是时间，一个白天一个黑夜规律地循环，不正如打在岸上又退去的流浪水吗？从小的角度看，当然每个白天和黑夜都不同，可是从大的观点看，白天黑夜不正和我们看海浪一样，没有什么差别吗？

可叹的是，很少有人警觉到时间的流浪水，他们就会在没有观照的景况下度过一生。

警觉到时间的流浪水仍然不够，其实每一个人有了觉醒之后，心性就会像大海一样，看着潮涨潮落，知悉心海的浪循环之周期，这些海浪再汹涌，在海底最深的地方，是宁静而安适的。因为深刻地观照了流浪，便不会被流浪水所转，不会在拍岸时欢喜，也不会在退落时悲哀，胸怀广大，涵容了整个大海。

自性心水的流露正像这样，因此在生命中觉悟而进入深海里的人，与从来不知道流浪水的人是不一样的，前者无惧于生死的流浪，后者则对生死流浪因无知而恐惧，或者因愚昧而纵情欢乐。

生命的化妆

　　我认识一位化妆师，她是真正懂得化妆，而又以化妆闻名的。

　　这生活在与我完全不同领域的人，使我增添了几分好奇，因为在我的印象里，化妆再有学问，也只是在皮相上用功，实在不是有智慧的人所应追求的。

　　因此，我忍不住问她："你研究化妆这么多年，到底什么样的人才算会化妆？化妆的最高境界到底是什么？"

　　对于这样的问题，这位年华已逐渐老去的化妆师露出一个深深的微笑，她说："化妆的最高境界可以用两个字形容，就是'自然'，最高明的化妆术，是经过非常考究的化妆，让人家看起来好像没有化过妆一样，并且这化出来的妆与主人的身份匹配，能自然表现那个人的个性与气质。次级的化妆是把人突显出来，让她醒目，引起众人的注意。拙劣的化妆是一站出来别人就发现她化了很浓的妆，而这层妆是为了掩盖自己的缺点或年龄的。最坏的一种化妆，是化过妆以后扭曲了自己的个性，又失去了五官的谐调，例如小眼睛的人竟化了浓眉，大脸蛋的人竟化了白脸，阔嘴的人竟化了红唇……"

没想到，化妆的最高境界竟是无妆，竟是自然，这可使我刮目相看了。

化妆师看我听得出神，继续说："这不就像你们写文章一样？拙劣的文章常常是词句的堆砌，扭曲了作者的个性。好一点的文章是光芒四射，吸引了人的视线，但别人知道你是在写文章。最好的文章，是作家自然的流露，他不堆砌，读的时候不觉得是在读文章，而是在读一个生命。"

多么有智慧的人呀！可是，"到底做化妆的人只是在表皮上做功夫呀！"我感叹地说。

"不对的，"化妆师说，"化妆只是最末的一个枝节，它能改变的事实很少。深一层的化妆是改变体质，让一个人改变生活方式、睡眠充足、注意运动与营养，这样她的皮肤改善、精神充足，比化妆有效得多。再深一层的化妆是改变气质，多读书、多欣赏艺术、多思考、对生活乐观、对生命有信心、心地善良、关怀别人、自爱而有尊严，这样的人就是不化妆也丑不到哪里去，脸上的化妆只是化妆最后的一件小事。我用三句简单的话来说明，三流的化妆是脸上的化妆，二流的化妆是精神的化妆，一流的化妆是生命的化妆。"

化妆师接着做了这样的结论："你们写文章的人不也是化妆师吗？三流的文章是文字的化妆，二流的文章是精神的化妆，一流的文章是生命的化妆。这样，你懂化妆了吗？"

我为了这位女性化妆师的智慧而起立向她致敬，深为我最初对化妆师的观点感到惭愧。

告别了化妆师，回家的路上我走在夜黑的地表，有了这样深刻的体悟：这个世界一切的表相都不是独立自存的，一定有它深刻的内在意义，那么，改变表相最好的方法，不是在表相下功夫，一定要从内在里改革。

可惜，在表相上用功的人往往不明白这个道理。

横过十字街口

黄昏走到了尾端，光明正以一种难以想象的速度自大地撤离，我坐在车里等红绿灯，希望能在黑夜来临前赶回家。

在匆忙地通过斑马线的人群里，我们通常不会去注意行人的姿势，更不用说能看见行人的脸了，我们只是想着，如何在绿灯亮起时，从人群前面呼啸过去。

就在行人的绿灯闪动，黄灯即将亮起的一刻，从斑马线的开头出现了一个特别的人影，打破了一整个匆忙的画面。那是一个中年的极为苍白细瘦的妇人，她得了什么病我并不知道，但那种病偶尔我们会在街角的某一处见到，就是全身关节全部扭曲，脸部五官通通变形，而不管走路或停止的时候，全身都在甩动的那一种病。

那个妇人的不同是，她病得更重，全身扭成很多褶，就好像我们把一张硬纸揉皱丢在垃圾桶，捡起来再拉平的那个样子。她抖得非常厉害，如同冬天里在冰冷的水塘捞起来的猫抽动着全身。

当她走起来的时候，我的眼泪不能自已地顺着眼角流了下来。

我不知道自己为何落泪，但我宁可在眼前的这个妇人不要走路，她每走一步就往不同的方向倾倒过去，很像要一头栽到地上，而又勉力地抖动绞扭着站起，再往另一边倾倒过去，她全身的每一根骨头、每一条筋肉都不能平安地留在应该在的地方，而她的每一举步之艰难，就仿佛她的全身都要碎裂在人行道上。她走的每一步，都使我的心全部碎裂又重新组合，我从来没有在一个陌生人的身上，体验过那种重大的无可比拟的心酸。

那妇人，她的手上还努力地抓住一条绳子，绳子的另一端系在一条老狗的颈上，狗比她还瘦，每一根肋骨都从松扁的肚皮上凸了出来，而狗的右后脚折断了，吊在腿上，狗走的时候，那条断脚悬在虚空中摇晃。但狗非常安静有耐心地跟着主人，缓缓移动，这是多么令人惊吓的景象，仿佛把全世界的酸楚与苦痛都在一刹那间，凝聚在病妇与跛狗的身上。

他们一步步踩着我的心走过，我闭起眼睛，也不能阻住从身上每一处血脉所涌出的泪。

我这条路上的绿灯亮了，但没有一个驾驶人启动车子，甚至没有人按喇叭，这是极少有的景况，在沉寂里，我听见了虚空无数的叹息与悲悯，我相信面对这幅景象，世界上没有一个人忍心按下喇叭。

妇人和狗的路上红灯亮了，使她显得更加惊慌，她更着急地想横越马路，但她的着急只能从她的艰难和急切的抖动中看出来，因为不管她多么努力，她的速度也没有增加。从她的脸上也看不出什么，因为她的五官没有一个在正确的位置上，她一着急，口水竟从嘴角落了下来。

我们足足等了一个新的红绿灯，直到她跨上对街的红砖道，才有人踩下油门，继续奔赴到目的地去，一时之间，众车怒吼，呼啸通过。这巨大的响声，使我想起刚刚那一刻，在和平西路的这一个路口，世界是全然静寂无声的，人心的喧闹在当时当地，被苦难的景象压迫到一个无法动弹的角落。

我刚过那个路口不久，天色就整个黯淡下来，阳光已飘忽到不可知的所在，回到家，我脸上的泪痕还未完全干去。坐在饭桌前面，我一口饭也吃不下，心里全是一个人牵着一条狗从路口一步一步，倾斜颠踬地走过。

这个世界的苦难，总是不时地从我们四周跑出来，我们意识到苦难，却反而感知了自己的渺小、感知了自己的无力，我们心心念念想着，要拯救这个世界的心灵，要使人心和平清净，希望众生都能从苦痛的深渊超拔出来，走向光明与幸福，然而，面对着这样瘦小变形的妇人与她的老弱跛足的狗时，我们能做什么呢？世界能为她做什么呢？

我感觉，在无边的黑暗里，我们只是寻索着一点点光明，如果我们不紧紧踩着光明前进，马上就会被黑暗淹没。我想起《楞严经》里的一段，佛陀问他的弟子阿难："眼盲的人和明眼的人处在黑暗里，有什么不同呢？"

阿难说："没有什么不同。"

佛陀说："不同，眼盲的人在黑暗里什么也看不见，但明眼的人在黑暗里看见了黑暗，他看见光明或黑暗都是看见，他的能见之性并没有减损。"

我看见了，但我什么也不能做，我帮不上一点黑暗的忙，这是使我落泪的原因。

夜里，我一点也不能进入定境，好像自己正扭动颤抖地横过十字街口，心潮澎湃难以静止，我没有再落泪，泪在全身的血脉中奔流。

百年与十分钟

在日本东京的银座街头，有好几家卖古董照相机的店，那些古董相机的性能都还非常好，外表经过整修也和新的一样。

卖古董相机的店员都会对人保证，那相机可以拍出和现代相机效果相当的作品。

"但是，"有一位店员这样说，"要注意这些保存了一百多年的相机，它的曝光时间就要十分钟，现代人没有一个人可以静止十分钟让人拍照，只有拿来拍风景和静物了。"

店员说了一个故事：从前有一个人买了一架古董相机，试图用那部相机帮人拍照。他要拍人之前，就告诉那个被拍的人说："这是一百年前的照相机，曝光就要十分钟，你可以十分钟坐着不动吗？"每一个被拍的人都拍胸脯对他保证："没问题，一百年前的人不都是这样拍照的吗？"可叹的是，他拍遍了所有的亲戚朋友，居然没有一个人能坐着十分钟不动。

最后，拍照的人气了，心想："难道这世界上已经没有一个人能坐着十分钟不动吗？为什么古代看成是最自然的事，现在没有人能做到呢？"他找到一个朋友帮他按快门，他自己接受拍照，结果连他自己也不能面对镜头静坐十分钟。

他只好把相机还给卖古董相机的老板。

店员指着橱窗说："他退回的照相机就是那一部，要买回去试试吗？"他对每个人都这样说，可是那部相机再没有卖出过，因为每一个现代人都深知，在生活的周围几乎找不到一个可以十分钟坐着不动的人。

这个故事给我们深刻的启示：古代人和现代人对时间的观念是大不相同的，古人一天可能很专注地做一件事情，现代人一天却要做几十件事；古人坐个十分钟是绝对没问题的，现代人却很少有耐心能坐十分钟。拍过照的人都知道，叫一个现代人八分之一秒不动，都不是一件容易的事。

十分钟的价值与意义，经过一百年已经完全不同了。

这也使我们知道为什么在现代修习禅定不容易成功的原因，是因为在体质里，已经失去了深沉、长恒、有耐心的特性。

对于某些盲目地忙着，忙到没有时间痛哭一场的现代人，恐怕很难想象，古人拍一张照片要曝光十分钟，现在，到大规模的快速冲洗店，十卷底片全部洗好，也只要十分钟的时间呢！

戴勋章逛街的人

在街上遇到一个奇特的人，他戴着一顶黑帽子，帽檐上都是勋章。

他身穿一套藏青色的中山装，熨烫得非常齐整，他的胸前左右都挂满了勋章。

但他的腿断了一条，裤管处打了一个结，他撑着支架，一步步走得很慢，即使是那样慢，我们也可以明确知道他曾是个极有威仪的人，从他的帽子、衣服，一直到只有一只也擦得雪亮的皮鞋，我们都能感受到他的威严。

这曾是一位指挥着大军的将军吧！我心里想着，因为具有如此威猛壮肃的精神者，在街上我们是很少见到的。

靠近一看，他的勋章真是美，绝对不是普通的单薄纪念章，而是厚实的、精致的，如同我们在电影上看见将军所垂挂的一般，有星星的光泽，掉在地上必然会发出金属一样响脆的声音。那时候他站在百货公司贩卖宝石的橱窗前面，我正站在橱窗的这边，隔着晶亮的玻璃，正视着他。他的勋章，比橱窗里的宝石更引人注目。

我忍不住脱帽向他致意，他露出和煦的微笑，然后我们在人潮里错身而过，没有任何交谈。回到家里，我心里老是惦记这位戴着勋章逛街的人，他是什么样的人呢？为什么他要戴着明亮的勋章在人群里行走呢？他的勋章怎么来的？他的腿又是如何失去的？

我找不到任何答案。

隔了一个多月，我又在仁爱路的红砖道上看见他，从背影，我就认出了那在百货公司曾与我见过一面的人，我跟着他的背影走了很长的一段路，直到在复兴南路等红灯时，我们才并肩站在一起。

"先生，您好。"我说。

没想到这位胸前仍然挂满勋章的人说："呀！我们在百货公司曾见过一面。"然后他礼貌地伸手与我相握，他的手非常有力而温暖。

"您的勋章真是美！"我说。

他很高兴地笑了，说："难得有人看见我的勋章。"

我们就一边散步，一边谈起一排排勋章的故事，与我想象的非常接近，他果然是身经百战的军人，胸前的每一枚勋章都是在烽火中的奖赏。唯一与我的推测不同的是，他并非将军，只是一位身经百战的老兵，他胸前最后的一枚勋章，是失去他的左腿而获得的。

为什么每天戴满勋章到街上来呢？

他说："这是有点疯狂的行为，不过，像我这样的人，年纪又大，又断了左腿，一般人对我都不会太礼貌，有一次我试着戴勋章出来，才得到了一些尊重，遭到的白眼比较少了。"他以一种极严肃的口气说："其实，我的左腿才是我最大的勋章，但是一般人总是最轻视它。"

当我们在下一个路口分手的时候，我特别感叹，通常最大的勋章是最难被看见的，何况是没有戴出来的，放在心里的勋章呢？

我虽然从不戴勋章出门，我也没有任何勋章，不过，我总是把每一个人都当成是有勋章的人，如果不能怀抱着敬重的心，不只看不到别人的勋章，自己的勋章也会失去。

即使是最平凡的母亲带着孩子，我也看见母亲的勋章是无尽的爱，而孩子的勋章是毫不矫饰的天真，那时我感觉自己，也可以把那母亲的爱与孩子的天真，佩在我空白的胸前。

天地间最美丽的勋章不是别的，正是对一切都抱着尊重与包容的心情。

世　缘

家里有一条因放置过久而缩皱了的萝卜，不能食用，弃之可惜，我找到一个美丽的陶盆试着种它，希望能挽救萝卜的生命。

没想到这看起来已完全失去生命力的萝卜，一接触了泥土与水的润泽，不但立即丰满起来，并在很短的时间里抽出了翠绿的嫩芽。接下来的日子，我仿佛看着一个传奇，萝卜的嫩绿转成青苍，向四周辐射长长的叶子，覆满了整个陶盆，看见的人没有不盛赞它的美丽的。

二十几天以后，从叶片的中心竟抽出花蕊，开出一束束淡蓝色的小花，形状就像田野间的油菜花。我虽然生长在乡下，从前却没有仔细看过萝卜开花，这一次总算开了眼界，才知道萝卜花原来是非凡的，带着一种清雅之美。尤其是从一条曾经濒临死亡的萝卜开出，更让人觉得它带着不屈的尊贵。

当我正为盛开了蓝色花束的萝卜盆栽欢喜的时候，有一天到阳台浇花，发现萝卜的花与叶子全不见了，只留下孤零零的叶梗，叶梗上爬满青色的毛虫，原来就在一夕之间，这些青虫把整株萝卜都啃光了，由于没有食物，每一只青虫都不安地扭动着、探寻着。

这个景象使我有一点懊恼和吃惊，在这么高的楼房阳台，青虫是怎么来的呢？青虫无疑是蛱蝶的幼虫，那么，是蛱蝶的卵原来就藏在泥土中孵化出来？或者是有一只路过的蝶把卵下在萝卜的盆子里了？为什么无巧不巧选择开花的时候诞生呢？

我找不到任何答案，不过我知道，如果我不供应食物给这一群幼小的青虫，它们一定会很快死亡，虽然我为萝卜的惨状遗憾，但似乎也没有别的选择了。

每天，我的第一件事就是摘几片菜叶去喂青虫，并且观察它们，这时我发现青虫终日只做一件事，就是吃、吃、吃，它们毫不停止地吃着菜叶，那样专心致志，有时一整天都不抬头。那样没命地吃，使它们以相等的速度长大和排泄，我每天都可以看出它们比前一天长大，或下午看起来就比早晨大了一些。而且在短短几天内，它们排出的青色粒状粪便，把花盆全盖满了。

丑怪而贪婪的青虫，很快就长成两寸长的大虫了，肥满得像要满出汁液，这时它们不再吃了，纷纷沿着围墙爬行，寻找适当的地点把自己肥胖的身体挂在墙上，它吐出一截短丝黏住墙，然后进入生命的冥想，就不再移动。

第一天，青虫的头部蜕成菱形的硬壳，只剩下尾巴在扭来扭去。

第二天，连尾巴也硬了，不再扭动，风来的时候，它挂在墙上摇来摇去。

第三天，它的身体从绿色转成褐色，然后颜色一直加深。

一星期后，青虫从蛹咬破自己的硬壳，从壳中爬出，它的两翼原是潮湿的、软弱的，但它站在那里等待，只是一炷香的时间，它的翼干了、坚强了，这时，它一点也不犹豫，扑向空中、飞腾而去。

呀！那蝴蝶初飞的一刹那，有一种说不出的动人之美，它会飞到有花的地方，借着花蜜生活，然后把卵下在某一株花上。我想，看到这一群美丽的蝴蝶，在春天的阳光花园中上下翻飞，任谁也难以想象，就在不到一个月前，它们是丑怪而贪婪的青虫，曾在一夜间摧毁一棵好不容易才恢复生机的萝卜。

现在，青虫的蛹壳还不规则成群地挂在墙上，风来的时候仍摇动着，但这整个过程就像梦一样，萝卜真的死去了，蛱蝶也全数飞去了。世缘何尝不如此，死的死，飞的飞，到最后只留下一点点启示，一些些观察，人生因缘之流转，缘起缘灭真是不可思议。

如何在世缘中活得积极自在，简单地说就是珍惜每一个小小的缘，一条萝卜使一群青虫诞生，生出一群蛱蝶，飞向广大的天空，一个小的因缘有时正是这么广大的。

今早，我看到萝卜死去的中间又抽出芽来，心里第一个生起的念头是：会不会再有一只蝴蝶飞来呢?

飞越冰山

有一年春天，搭飞机从夏威夷到美国东岸，中途的时候，驾驶员报告了我们正在飞越阿拉斯加上空，靠近了北极圈，机舱里的乘客纷纷探头往窗外看。

窗外的大地覆盖着一片洁白的冰雪，平原、河流、山脉上都是白色，白得令人昏眩。尤其是那些在山顶上的积雪，因为终年不化，更白得刚强而尖锐，在飞机上都可以感受到直而冷的线条，一道道划过冷而寂静的大地。

机上的乘客无不为眼前这壮丽、清明、无尘的大地动容赞叹，觉得是人间少见的美景，尤其是我们刚刚从热情、温暖、海洋蔚蓝、阳光亮丽的夏威夷离开，北国的风情就像一口冰凉的清水灌入了胸腹，再加上有了很高的距离，再冷的景致也无不温馨而美丽了。

那时是春天，虽然看着遍地的冰雪，大家也知道已是春天了，高空上的阳光多么耀眼、云多么明丽、天空多么湛蓝，都在哄传春天的消息。

就在飞机上，我想起学生时代非常喜欢的一部纪录电影《北极的南奴克》，那是一部真实记述生活在北极圈中南奴克人的纪录电影，他们在冰雪中诞生、在冰雪中成长及繁衍种族，也在冰雪中老去死亡。对于南奴克人，冰天雪地是天经地义，他们的一生没有见过冰雪以外的世界，虽然他们在冰雪中艰困地生活，却从来没有想追寻另外的世界。

可叹的是，科学家发现，长久在冰雪中生活的人，一离开冰雪就会发生适应的困难，这也是为什么俄国流亡的文学家、艺术家，晚年看到下雪都要落泪的原因，更别说是住在北极圈的人了。

当我们从很高的飞机上看美丽的冰雪大地，很难想象有许多人和动物在其中过着艰险的渔猎生活，即使知道那些艰险，站在高点上看，也仿佛没有那么苦了。

我们的飞机很快地就飞越冰山，飞进一个百花正在盛开的城市，那看起来空阔无边、不能横越的冰雪，很快地，竟成为记忆的一部分，被远远地抛弃了。

虽然我们是在高空上飞越冰雪，才有清爽亮丽的心情，但如果还原到人生里，生活也就是这样了。我们的一生固然短暂，却有非常多的时刻，我们会感觉到被冰雪的寒冷所围困，或者沦陷到无边的黑暗里。任何一个人完全避免心灵的寒冷与黑暗是不可能的。

那么，在寒冷与黑暗包围我们的时候，我们要如何去面对，才能维持自在与希望呢？

说起来非常简单，就是让自己的心爬上高点，由一个比较广大的角度来观照自我。这并不是使身心分离，而是真实知道人生的变数虽然有害，但若是从大的心量来看，变数也是常数的一部分，正是觉悟的开启与智慧的契机。

　　我们在阿拉斯加的上空可以看到冰雪之美，我们在黄昏最后时刻也能感受黑暗之美，那是我们知道很快就能飞越冰雪，也知道黑暗是迎接光明的一种必然。

　　心的上升，往往使我们能时常处在光明与温暖的境界；倘若我们一直执着寒冷与黑暗的伤害，我们就会沉沦而不自知。

　　何不随时准备着飞越冰山呢？因为生活的冰雪只有心的温暖、心的高度、心的广大可以飞越。

幸福终结者

从前看童话书，有许多是关于王子和公主的故事，这种故事都是千篇一律，是公主受到某种妖魔或巫婆的咒术所魅惑，变成植物、动物，或长睡，或禁制而失去了自由。王子，英俊、潇洒、骑着白马、手拿宝剑，经过重重磨难，终于把公主救了出来，故事的终结总是："王子与公主从此过着幸福快乐的日子。"

虽然在小时候，我们就知道那个"从此"是不太可能的，但一读到"从此过着幸福快乐的日子"，心里就充满一种特殊的感动，深知那不一定是个结局，却一定是个期望。

为什么说"从此过着幸福快乐的日子"不是结局，却是期望呢？因为除了童话，我们也看许多卡通影片，在卡通影片里也是千篇一律的，一只弱小的动物或一个弱小的人，一开始总被强大的动物、人，或者压力，整得一塌糊涂，在故事的后半段，他们总是奋力一击，获得了最后的胜利，结局也可以说是"从此过着幸福快乐的日子"。

不幸的是，卡通影片与童话故事不同，它有续集，主角的幸福仿佛没有过多久，就要面临新的考验与压力，在挫败的角落中抗争，最后又得到一次幸福。然后，故事就周而复始地重复不已，卡通人物是不死的，所以他们的失败与压力不死，他们的幸福也总是在失落沉沦中重升。

不只童话或卡通是这样，在电视上演给大人看的警匪、侦探、情爱的单元剧，都是让我们看见了英雄一再的考验与重生。

这些，都使我们知道在人生里，借着外在世界的克服、奋斗，不一定能得到最后幸福的结局，因为只要这个世界不停止转动，人的挫折考验就不会终止，活在这世界一天，就不可能有"从此过着幸福快乐的日子"的一天。即使贵如王子与公主也不能逃出这个铁则，这是为什么我们读古代王室的历史，发现争端、纠缠、丑闻的时代总比太平的时代多得多的原因。

是的，我们骑白马拿宝剑去砍杀妖魔、破除巫术，并不能使我们进入平安的境地。

我对于王子与公主的故事于是有了新的体会，如果我们把除妖破巫的行动当成是一种象征，象征了王子去砍除了心中的妖魔，与纠缠在欲念上的巫迷，就可以使他断除一切心灵的纠葛，到达一个宽广、博大、慈悲、无所动摇的心境，那么他从此过着幸福快乐的日子并不是不可能。

不要说走在荆棘遍地、丑怪狰狞的地方了，就是走在地狱的炼火中，也能有清凉的甘露。佛教里有一尊地藏王菩萨，由于心地无限光明与无量慈悲，经常在地狱中救拔众生，当他走过地狱燃烧的烈火，每一朵火焰都化成一朵最美丽的红莲花，来承接他的双足，这是一则多么动人的启示呀！

我们对于最终的幸福，因而要有一个更新的体认，记不得是哪一个诗人说过："人们常为了追求幸福而倒在尘沙之中，而伊甸园就在左近。"莎士比亚更说过："快乐，不是一个地方，而是一个方向。"

幸福快乐不是一个结局，只是一个方向罢了，我们只能说一直在往那个方向走，而不能说是在朝那个结局前进。

只要我们去除心的葛藤，不断追求幸福的方向，就不只是让我们从黑暗之地走向光明，而是从光明的起点走向另一个光明的起点。

是什么使我们从光明走向光明？说穿了也很简单，就是回到心的清净，回到一个更广大的包容罢了。

最清净广大的心胸世界，才是幸福的终结者。

在微细的爱里

苏东坡有一首五言诗，我非常喜欢：

钩帘归乳燕，穴牖出痴蝇。

爱鼠常留饭，怜蛾不点灯。

对才华盖世的苏东坡来说，这算是他最简单的诗，一点也不稀奇，但是读到这首诗时，却使我的心深深颤动，因为隐在这简单诗句背后的是一颗伟大细致的心灵。

钩着不敢放下的窗帘，是为了让乳燕能归来。看到冲撞窗户的愚痴的苍蝇，赶紧打开窗门让它出去吧！

担心家里的老鼠没有东西吃，时常为它们留一点饭菜。夜里不点灯，是爱惜飞蛾的生命呀！

诗人那个时代的生活我们已经不再有了，因为我们家里不再有乳燕、痴蝇、老鼠和飞蛾了，但是诗人的情境我们却能体会，他用一种非常微细的爱来观照万物，在他的眼里，看见了乳燕回巢的欢喜，看见了痴蝇被困的着急，看见了老鼠觅食的心情，也看见了飞蛾无知扑火的痛苦，这是多么动人的心境呢？我们有很多人，对施恩给我们的还不知感念，对于苦痛生活在我们身边的人吝于给予，甚至对于人间的欢喜悲辛一无所知，当然也不能体会其他众生的心情。比起这首诗，我们是多么粗鄙呀！

不能进入微细的爱里的人，不只是粗鄙，他也一定不能品味比较高层次的心灵之爱，他只能过着平凡单调的日子，而无法在生命中找到一些非凡之美。

我们如果光是对人有情爱、有关怀，不知道日落月升也有呼吸，不知道虫蚁鸟兽也有欢歌与哀伤，不知道云里风里也有远方的消息，不知道路边走过的每一只狗都有乞求或怒怨的眼神，甚至不知道无声里也有千言万语……那么我们就不能成为一个圆满的人。

我想起一首杜牧的诗，可以和苏轼这首诗相配，他这样写着：

已落双雕血尚新，鸣鞭走马又翻身。

凭君莫射南来雁，恐有家书寄远人。

云 散

我喜欢胡适的一首白话诗《八月四夜》：

我指望一夜的大雨，
把天上的星和月都遮了；
我指望今夜喝得烂醉，
把记忆和相思都灭了。

人都静了，
夜已深了，
云也散干净了，
仍旧是凄清的明月照我归去，
我的酒又早已全醒了。
酒已都醒，
如何消夜永？

这首《八月四夜》，是根据周邦彦的一阕词《关河令》改写成的，《关河令》的原文是：

> 秋阴时晴渐向暝，
>
> 变一庭凄冷。
>
> 伫听寒声，
>
> 云深无雁影。
>
> 更深人去寂静，
>
> 但照壁孤灯相映。
>
> 酒已都醒，
>
> 如何消夜永？

胡适的诗一点也不比周邦彦的原词逊色。我从前喜欢这首诗，是欢喜诗中的孤单和寂寞的味道，尤其是在烂醉之后醒来，不知道如何度过凄清的好像永无尽头的寒夜时。我在少年时代，有很多次的心境都接近了这首诗的情景。

这使我想起，孤单和寂寞虽也有它极美的一面，但究竟不是幸福的。只是有时我们细细想来，幸福里如果没有孤单和寂寞的时刻，幸福依然是不圆满的。

最好的是，在孤单与寂寞的时候，自己也能品味出那清醒明净的滋味，有时能有一些些记忆和相思牵系，才是最幸福的事。

清晨滚着金边的红云，是美的。

午后飘过慵懒的白云，是美的。

黄昏燃烧炽烈的晚霞，是美的。

有时散得干净的天空，也是美的。

那密密层层包裹着青天的乌云，使我们带着冷冽的醒觉，何尝不美呢？

当一个人，走过了辉煌的少年时代，有许多人就开始在孤单与寂寞的煎熬中过日子；当一个人，失去了情爱与生命的理想，可能就会在无奈的孤独中忍受一生；当一个人，不能体会到独处的丰富与幸福时，他的生命之火就开始黯然褪色……

凄清的明月是不是美丽的明月那同一个明月呢？当我们从生命的烂醉醒来的时候，保持明净的心灵世界，让我们也欢喜独处时的寂寞吧！因为要做一个自足的人，就是每一时每一刻都能看清云彩从心窗飘过的姿势。在云也散干净的时候，还能在永夜中保持愉悦清明，那么，即使记忆与相思不灭，我们也能自在坦然地走下去。

南　国

我喜欢王维一首简短的诗：

> 红豆生南国，
> 春来发几枝。
> 愿君多采撷，
> 此物最相思。

尤其喜欢这首诗里的"南国"与"相思"，南国是在什么地方呢？南国又象征了什么呢？对于写这首诗的王维，他当时是在北地还是南国？他有没有特别思念着的人呢？

相对于"南国"的是"北地"，而相对于"春来"的是"秋去"，它的意象就这样丰富了起来：在南国的人采了红豆，想到好不容易到了秋天，又想到秋天的时候到北地去的人，他是不是有着相思呢？

相思？

是的，"相思"是多么高洁的意象呀！我一直认为相思是爱情中最动人的素质，相思令人甜美、引人伤怀、使人辗转、让人悲绝，古来中国的爱情中最常见的病就是"相思病"，有因相思而憔悴的，也有因相思而离开世间的。

相思就是"互相的思念"，看红豆时可以想到故人旧情，只是一种象征，事实上相思是一种心行，从心而有，心里想念着故人，就是寒夜中闪动的萤火，都像是情人寄来的灯盏呀！

在佛经里说"人唯情有"，是说投生到这世界的人，就是为了情而投生的，他们存情、执情、迷情，甚至唯情，使人因此生生世世在情里流转。这种"情有"，就是"隔世的相思"，可见相思不仅能穿破空间无限的藩篱，甚至能打破时间生世的阻隔。

我们因为舍不得离开在世间曾有的情爱，再轮回时又回来和亲人情侣相会，这时就有了因缘，我们的相思使我们的因缘聚合，但在因缘尽了的时候又使我们因离别而相思。

从生死因缘的观点来看，我们若是从南国离开这个世间，那么我们为了和从前的因缘相会，就会因情爱再投生到南国去。佛经里说我们这个世界是"娑婆世界"，又说是"南阎浮提"，南阎浮提不正是我们堕入相思迷惘的南国吗？

有许多许多人，他们在面对情爱的时候，最常挂在口中的是"随缘"，也就是随着因缘流转，缘生固然是好，缘灭也不悲忧，可是随缘也有无助的味道，完全随缘，就是完全的流转，将会留下不少的憾恨。

我想，更好的态度是"惜缘"，珍惜今生的每一次会面、珍惜今生的每一次爱情，甚至珍惜每一次因缘的散灭，才使我们能相思、懂得相思，并且在相思时知道因缘的真谛，而不存有丝毫的遗憾与怨恨。

现代人最可怕的是失去了对"相思"的认识，大部分人都不能真正惜缘，使得情人间的爱都成为"露水姻缘"，露水是不能隔日的，还能有什么相思呢？

让我们心情幽静地来读一次王维的诗："红豆生南国，春来发几枝。愿君多采撷，此物最相思。"我们是不是相思起南国或者北地的人呢？当我们能相思的时候，我们的心就像一面澄澈的湖水，可以照见情爱中高洁的境界。

我们的相思，可以使我们的意念如顺风的船，顺利地驶向目的地；但这种意念顺利地开拔，是不是让我们从相思里产生一些自觉呢？自觉到我们的生命所要驶去的方向，这样相思才不会因烧灼使我们堕落，且因距离而使我们清明。

飞翔的木棉子

开车从光复南路经过，一路的木棉正盛开，火燃烧了一样，再转罗斯福路、仁爱路、复兴南路、中山北路，都是正向天空招扬的木棉花，每年到这个时候，都市人就知道春天来了，也能感觉到台北不是完全没有颜色的都市。

如果是散步，总会忍不住站在木棉树下张望，或者弯下腰，捡拾几朵刚落下的木棉花，它的姿形与色泽都还如新，却从树上落下了，仿佛又坠落一个春天，夏的脚步向前跨过一步。

木棉落下的声音比任何花都巨大，啪嗒作响，有时真能震动人的心灵，尤其是在都市比较寂静的正午时分，可以非常清晰听见一朵木棉离枝、破风、落地的响声，如果心地足够沉静，连它落下滚动的声息都明晰可闻。

但都市木棉的落地远不如在乡下听来可惊，因为都市之木棉不会结子是人人都知道而习惯了的，因此看到满地木棉花也不觉稀奇。在我生长的南部乡下，每一朵木棉花都会结果，落下的木棉花就显得可惊。

有一次，我住在亲戚家里，亲戚家院里长了两株高大的木棉，春雷响后，木棉开满橙红的花，那种动人的景观只有整群燕子停在电线上差堪比拟。但到了夜半，坐在厢房窗前读书，突然听见木棉花落，声震屋瓦，轰然作响，扯动人的心弦，为什么南方木棉的落地，会带来那么大的震动呢？

那是由于在南方，木棉花在开完后并不凋谢，而在树上结成一颗坚实的果子，到了盛夏，果子在阳光下噗然裂开。这时，木棉果里面的木棉子会哗然飞起，每一粒木棉子长得像小钢珠，拖着一丝白色棉花，往远方飞去，有些裂开时带着弹性之力，且借着风走的木棉子，可以飞到数里之遥，然后下种、抽芽，长成坚强伟岸的木棉树。这是为什么在乡下广大的田野，偶尔会看见一株孤零零的木棉树，那通常是越过几里村野的一颗小小木棉子，在那里落地生根的。

所以，乡下木棉花落会引人叹息，因为它预示了有一朵花没有机会结子、飞翔、落种、成长，尤其当我们看到一朵完整美丽的花落下特别感到忧伤，会想到：这朵花为何落下，是失去了结子的心愿呢，还是沉溺自己的美丽而失去了力量？

这些都不可知，但我们看到城市落了满地的木棉花感到可怕，为什么整个城市美丽的木棉花，竟没有一朵结果？更可怕的是，大部分人都以为木棉花掉落是一种必然，甚至忘记这世界上有飞翔的木棉子。

是不是，整个城市的木棉花都失去了结子与飞翔的心愿呢？

有时候这种对自然的思考，会使我感到迷惑，就在我们这块相连的岛屿，北回归线以南的壁虎叫声非常清澈响亮，以北的壁虎却都是哑巴；若以中央山脉为界，中央山脉以西的白头翁只只白头，以东的同一种鸟却没有白头的，被叫作乌头翁。我常常想，如果把南方会叫的壁虎带过北回归线，它还叫不叫？把西边的白头翁带过中央山脉，它的头白不白？

可惜没有人做过这种试验，使我们留下一些迷思，但有一个例子说不定可以给我们启示性的思考：在中央山脉走到尾端的恒春，由于没有中央山脉为界，同时生长着白头翁与乌头翁，白者自白、黑者自黑；还有沿着北回归线生长的壁虎，有会叫的也有哑巴的，嚣者自嚣、默者自默。那么，或黑或白，或叫嚣或沉默，是不是动物自己的心愿呢？或许是的。这个答案使我们对于都市木棉花的颜色从火的燃烧顿时跌入血的忧伤，它们是失去了结子的心愿，或是对都市的生存环境做着无言的抗议呢？

当我有时开车经过木棉夹岸的道路，有些木棉滚落到路中央，车子辗过仿佛听闻到霹雳之声，使人无端想起车轮下的木棉花，如果在南方，它会结出许许多多木棉子，每一粒都带着神奇的棉花翅膀，每一粒都饱孕着生命的力量，每一粒都怀抱着飞翔到远方的志愿……因为有了这些，每一次木棉的开起，都如晨光预示了新的开始。都市里不能结子的木棉花，每一次开起，都宣告了一个春天即将落幕，像火红的一直坠入天际的晚霞。

有一天，我在仁爱路上拾起几朵新凋落的木棉花，捧在手上，还能感觉它在树上犹温的血，那一刻我想：一个人不管处在任何环境，都要坚持心灵深处的某些质地，因为有时生命的意义只在说明一些最初的坚持，放弃生命的坚持的人，到最后就如木棉一样，只有开花的心情，终将失去结子飞翔的愿力。

求　好

　　有好多人喜欢讲生活品质，他们认为花的钱多、花得起钱就是生活品质了。

　　于是，有愈来愈多的人，在吃饭时一掷万金，在买衣时一掷万金，拼命地挥霍金钱，当我们问他为什么要如此，他的答案是理直气壮的——"为了追求生活品质！为了讲究生活品质！"

　　生活？品质？

　　这两样东西到底意味着什么呢？

　　如果说有钱能满足许多的物质条件就叫生活品质，是不是所有的富人都有生活品质，而穷人就没有生活品质呢？

　　如果说受教育就会有生活品质，是不是所有的大学生都有生活品质，没受教育的人就没有生活品质呢？

　　如果说都市才有生活品质，是不是乡下人就没有生活品质呢？是不是所有的都市人都有生活品质呢？

　　答案都是否定的，可见生活品质乃不是某一阶层、某一地区，或甚至某一时代的专利。古人也可以有生活品质，穷人、乡下人、工匠、农夫都可以有生活品质。因为，生活品质是一种求好的精神，是在一个有限的条件下寻求该条件最好的风格与方式，这才是生活品质。

工匠把一张桌子椅子做到最完美而无懈可击的地步，是生活品质。

农夫把稻田中的稻子种成最好的收成，是生活品质。

穷人买一个馒头果腹，知道同样的五块钱在何处可以买到最好品质的馒头，是生活品质。

家庭主妇买一块豆腐，花最便宜的钱买到最好吃的豆腐，是生活品质。

整个社会都能摒弃那不良的东西，寻求最好的可能，这个社会就会有生活品质了。因此，我们对生活品质最大的忧虑，乃不是小部分人的品位不良，而是大部分人失去求好的精神了。

在一个失去求好精神的社会里，往往使人误以为摆阔、奢靡、浪费就是生活品质，逐渐失去了生活品质的实相。进而使人失去对生活品质的判断力，只好追逐名牌，用有名的香水、服装、皮鞋，以至名建筑师盖的房子，来肯定自我的生活品质，这是现代社会名牌泛滥的原因。

有钱人从头到脚，从房子到汽车，从音响到电视用的都是名牌，那些名牌多得让人忘记了自己的名字。

一般人欣羡之余，心生卑屈，以为那是生活品质，于是想尽方法不择手段去追求"生活品质"，甚至弄到心力交瘁、含恨而死。君不见被警察抓到的大流氓乃至小妓女，戴劳力士，开进口车，全身都是名牌吗?

真正的生活品质，是回到自我，清楚衡量自己的能力与条件，在这有限的条件下追求最好的事物与生活。再进一步，生活品质是因长久培养了求好的精神，因而有自信、有丰富的心胸世界；在外，有敏感直觉找到生活中最好的东西；在内，则能居陋巷而依然能创造愉悦多元的心灵空间。

生活品质就是如此简单：它不是从与别人比较中来的，而是自己人格与风格求好精神的表现。

转　动

有一句俗语说："滚动的石头不生苔。"意思是当一个人时常变化自己，那么他就可以时常保持光润的面貌。

但是，滚动的石头不生苔，是不是意味着静止的石头或生苔的石头是不好的呢？其实，光润之石固然好，生苔的石头也没有什么坏的。再进一步说，滚动的石头是自愿地滚动呢？还是被别人所滚动呢？如果是自愿滚动追求光润，光润就是好的；如果是想要生苔却被别人滚成光润，光润就是一件坏事了。

这真是一个大问题，每个人在童年或青年时代，都认为要自己转动，甚至来转动这个世界。但是到了中年以后就会发现，原来没有什么事情是可以由自己转动的，我们只是被外在的世界所转动的一粒石头罢了。于是大部分的中年人都失去了生苔的生命力，而有一种表面上看起来光润，事实上是世故的圆滑。

转动世界，或者只是小小地转动自己，都是何其不易！

当然，被世界转动我们，就容易得多了。

大部分人都会在这种转动里，落进一个无可奈何的境况：就是发现自己并没有转动世界的力量，却又不甘心落入完全被转动的地步。所以，就一直保持着继续奋斗的精神，流血流汗，耗费了大部分的青春。偏偏最后的结局还是：世界在转动着，我们只是这转动中的一块石头，甚至一粒微尘！

可悲的不在于时空的辽远与世界的宽阔，而是我们的渺小与幽微。

不错，世界是不可转动，或者说转动世界是艰难的。那么现代人如何在认清这种实相之后，还能活得自在、积极、愉悦、明朗，同时不失去为理想奋斗的勇气呢！答案就是与转动的世界处在一种和谐的状态，并能冷静观照到自己的流转，使自己的心性独立于世界，有着独特的精神。

听起来似乎有些晦涩，其实不难明白，就是我们虽然不免在物质上必须活在现实世界，我们也会在现实世界中一天天地老化。但是在精神上我们能超拔出来，以更高的观点看人生，而在心灵的深处不随年纪老去，保持着对世界新鲜而有希望的心情。

这就是"至道无难，唯嫌拣择；但莫憎爱，洞然明白"的精神——接受现实世界苦乐的转动吧！不要去分别、去爱憎，只要心里明明白白，就能容易地走向无上智慧的道路。

我们很容易能观察到，这世界上的儿童与青年，每一个都有不同的面目，他们通常能断然拒绝物欲的魅惑，追求理想的标杆。可是，这世界的中年人，往往丧失理想的标杆，趋入物欲的泥沼，这就是随外在世界完全转动的结果。

以至于，这个世界的中年人，不论男女，都有着相似的面貌与表情，那是由于世界不但转动他的现实，也转动了他的青春与心性，甚至转动了他为理想奋斗的热情了。

理解世界的转动是不可抗拒的，也理解着与这转动和谐，同时知道有一个如如不动的本体，知觉有不可动转之处，这是转动的世界里能自在明朗的一种锻炼。

譬如，下雨天的时候，出门别忘了带伞，但保有春日晴好的心情。

譬如，处在黑暗的境况犹如进入戏院，能在黑暗中等待，以便灿烂的电影开演。

譬如，成功的时刻不要迷恋掌声，因为知道最好的跑者都是不顾掌声，才跑在掌声之前。

譬如，在拥挤吵闹的公车上与人推挤，也能安下心来期待目的地，因为有一个目的地，其他的吵闹、挤迫，乃至于偶尔被冲撞，又有什么要紧呢？

转动者与被转动者，是我们所眼见的世界，或是我们不可见的自我呢？

素 质

很小很小的时候，我就感觉到花是非常奇怪的，因为在家院的庭前种了桂花、玉兰和夜来香，到了晚上，香气随风四散，流动在家屋四周，可是这些香花都是白色的。反而那些极美丽的花卉，像兰花、玫瑰之属，就没有什么香味了。

长大以后，才更发现这种截然不同的风格，凡香气极盛的花，桂花、玉兰花、夜来香、含笑花、水姜花、月桃花、百合花、栀子花、七里香，都是白色，即使有颜色也是非常素淡，而且它们开放的时候常是成群结队的，热闹纷繁。那些颜色艳丽的花，则都是孤芳自赏，每一枝只开出一朵，也吝惜着香气一般，很少有香味的。

"香花无色，色花不香"这真是一个惊人的发现；"素朴的花喜欢成群结队，美艳的花喜爱幽然独处"也是惊人的发现。依照植物学家的说法，白花为了吸引蜂蝶传播花粉，因此放散浓厚的芳香；美丽的花则不必如此，只要以它的颜色就能招蜂引蝶了。

我们不管植物学家的说法，单以"香花无色，色花不香"就可以给我们许多联想，并带来人生的启示。

在人生里，每一个人都有其独特非凡的素质，有的香盛，有的色浓，很少很少能兼具美丽而芳香的，因此我们不必欣羡别人某些天生的素质，而要发现自我独特的风格。当然，我们的人生多少都有缺憾，这缺憾的哲学其实简单：连最名贵的兰花，恐怕都为自己不能芳香而落泪哩！这是对待自己的方法，也是面对自己缺憾还能自在的方法。

面对外在世界的时候，我们不要被艳丽的颜色所迷惑，而要进入事物的实相，有许多东西表面是非常平凡的，它的颜色也素朴，但只要我们让心平静下来，就能品察出它内部最幽深的芳香。

当然，艳丽之美有时也值得赞叹，只是它适于远观，不适于沉潜。

一个人在年轻的时候，很少能欣赏素朴的事物，却喜欢耀目的风华；但到了中年则愈来愈喜欢那些真实平凡的素质。例如选用一张桌子，青年多会注意到它的颜色与造型之美，中年人就比较注意它是紫檀木或乌心石的材质，至于外形与色彩就在其次了。

最近这些日子里，我时常有一种新的感怀，就是和一个人面对面说了许多话，仿佛一句话也没说；可是和另一个人面对面坐着，什么话也没说，就仿佛说了很多。人到了某一个年纪、某一个阶段，就能穿破语言、表情、动作，直接以心来相印了，也就是用素朴面对着素朴。

古印度人说，人应该把中年以后的岁月全部用来自觉和思索，以便找寻自我最深处的芳香。我们可能做不到那样，不过，假如一个人到了中年，还不能从心灵自然地散出芬芳，那就像白色的玉兰或含笑，竟然没有任何香气，一样的可悲了。

平常心不是道

现在学禅的人，或甚至不学禅的人最最常挂在口边的一句是"平常心是道"。

对于学禅的人，历来的祖师不都告诉我们，道在寻常日用之间吗？因此，"饥来吃饭，困来即眠"是道，"行住坐卧，应机接物"是道，"喝茶、吃粥、洗钵"也是道，连瓦砾里都有无上法，何况是平常心呢？所以，大家只顾吃饭、睡觉就好了，哪里用得着拼老命地修行呢？

对于不学禅的人，有许多从禅宗里盗了"平常心是道"的话，就以此为借口，认为天下无道可学，只要平常过日子就好了，甚至嘲笑那些困苦修行的人说："你们的祖师不是说平常心是道吗？何用这样精进辛苦地修行？"

到底，平常心是不是道呢？

要知道平常心是不是道，我们先来看"平常心是道"的起源。

中国禅宗史上，第一位提出"平常心是道"的是马祖道一禅师，在《景德传灯录》里记载他向门人的开示："道不用修，但莫污染。何为污染？但有生死心，造作趣向，皆是污染。若欲直会其道，平常心是道。谓平常心，无造作、无是非、无取舍、无断常、无凡无圣。"这是"平常心是道"的来源。

在这段开示后，马祖道一禅师又有一些话用来解释"平常心是道"，我在这里摘取易于了解的段落：

> 行住坐卧，应机接物，尽是道。道即是法界，乃至河沙妙用，不出法界。

> 名等义等，一切诸法皆等，纯一无杂。若于教门中得，随时自在。建立法界，尽是法界；若立真如，尽是真如。若立理，一切法尽是理；若立事，一切法尽是事。

> 一切法皆是佛法，诸法即解脱，解脱者即真如，诸法不出于真如，行住坐卧，悉是不思议用，不待时节。

这些都是白话，不难明白，意思是当一个人反观自心，证得妙用的本性，他就能进入纯粹自在平等无我的境界，那时他了解达到自性是没有生灭的，知道法身无穷遍满十方。到了这个时候，他自然能平常地对待外在事物，不会为造作、是非、取舍、断常、凡圣所执着了。

也即是说，当一个人明心见性，不为外来的情况所转动的时候，他才能时时无碍，处处自在，事理双通，进入平常的世界。平常不是指外面的改变，而是说不论碰到任何景况，自己的心性都能不动如一。

了解到这一层，我们就知道"平常心是道"没有那么简单，在禅的精神里，只有见性人才能说"平常心是道"，一般学禅的人，心性都还没找到，怎么谈得上平常心呢？

因此，对刚刚开始修行的人，平常心不是道，而是流血奋斗的事业，要透过非常的努力追求心性的开悟，而不能一开始就像祖师们一样说："平常心是道"。

关于"平常心是道"，最有名的一首诗是宋朝无门慧开的作品：

> 春有百花秋有月，
> 夏有凉风冬有雪；
> 若无闲事挂心头，
> 便是人间好时节。

像我们每天闲事挂在心头的人，只有时常对自己提醒："平常心不是道"，勇猛求菩提，才有机会体验四季的每一时刻都是"好时节"的平常心，否则大海红尘、平地波涛，刹那就把我们淹埋，哪里还有什么平常心！

洪炉一点雪

从前有一位持戒僧，一生坚守戒律，有一天夜里在野外走，突然踩到东西觉得有破裂的声音，这位僧人心想：糟糕了！莫非是踩到一只怀孕的蛤蟆吗？不想还好，一想心中又惊又悔。

晚上睡觉的时候，他梦见一大群蛤蟆来向他讨命，整夜惊怖畏惧不能安稳，好不容易挨到天亮，他立刻跑去昨夜踩死蛤蟆的地方，没有看见蛤蟆，却见到一条破裂的茄子。

僧人当下疑情顿息，才知道三界无法，唯心所造，光是外在的守戒是不够的，应该反观自心修行。

这是龙门佛眼禅师讲给弟子听的故事，接着他给这个故事下了结论："假如夜间踏着时，为误是蛤蟆？为误是老茄？若是蛤蟆，天晓看是老茄。若是老茄，天未晓时又有蛤蟆索命。还断得吗？山僧试为诸人断看，蛤蟆情不脱，茄尚犹存，要得无茄解，日午打黄昏。"

好一个日午打黄昏！

因为即使第二天天亮时看到茄子，也无法证明昨夜踏到的不是蛤蟆，到底是路上的茄子为真，还是梦中的蛤蟆为真？如果不脱除对蛤蟆的疑情，或执着于茄子的存在，要想得到解脱就像正午和黄昏打架，是不可能的。

蛤蟆与茄子的故事提供了我们两个层次的思考，一是不论遇到任何外在变迁，反观自心是最重要的，若不能解开心的葛藤，则想蛤蟆就梦蛤蟆，见茄子则执茄子，都会成为修行的障碍，因此要从心做起。二是表现了禅宗"当下即是"的精神，这一刻的把握、这一刻的悟才是最重要的，不要落入上一刻的纠缠，不要在悼悔中过日子；万一真的踩到蛤蟆，也要当下忏悔回向、当下承担，否则如何得到真正的清净呢？

关于反观自心，佛眼禅师还做过一个比喻，说有一个人鼻头沾了一点粪，他起先不知道，闻到臭味时以为自己的衣服臭，嗅了衣服果然臭，他就换了新衣服。但不管他拿到什么东西，都以为是他拿的东西臭，不知道臭在自己的鼻上。后来遇到一个有智慧的人告诉他，臭在鼻上，他先是不信，试试用清水洗了鼻子，立即全无臭气，再嗅一切东西也都不臭了。

这是禅宗有名的"鼻头着粪"，佛眼禅师说：

> 参禅亦然，不肯自休歇向己看，下寻合那，下寻会解，觅道理做计较，皆总不是。若肯回光，就己看之，无所不了。

关于当下承担，禅宗里有许多公案，例如南泉普愿禅师，因为他的弟子东西两堂争一只猫，他说："道得即救猫，道不得即斩。"他的弟子无言以对，他就把猫斩了。例如归宗智常禅师除草的时候，见到一条蛇立时把蛇斩了。例如丹霞天然禅师取佛像来烧，人家都批评他，他说："我烧取舍利。"人说："木头有何舍利？"他说："无则再取两个烧。"例如德山宣鉴禅师呵佛骂祖等等。

古来禅师这样的例子非常多，在凡俗眼中是犯了不可原谅的大戒，但在证悟者的眼中却是最上乘境界，原因是他们都能当下承担、无所分别、契入法性。当然，这种行止，我们凡夫是不可学的，学了反增罪业，但我们应该知道有这样的境界。那是"苦匏连根苦，甜瓜彻蒂甜"的境界；是"打破乾坤，当下心息"的境界；是"一击响玲珑，喧轰宇宙通"的境界；也就是"我有明珠一颗，久被尘劳关锁；今朝尘尽光生，照破山河万朵"的境界。

近代高僧月溪禅师曾说："十方三世佛及一切众生，修明心见性的法门只有三种：第一种是奢摩他，中国音叫寂静，就是说眼耳鼻舌身意六根齐用，破无始无明见佛性。第二种的法门叫作三摩提，中国音叫作摄念，就是说六根的一根统领五根，破无始无明见佛性。第三种法门叫作禅那，中国音叫作静虑，就是说六根随便用哪一根破无始无明见佛性。"——不管我们用寂静、摄念，或静虑来明心见性，都具有反观自心，当下承担的精神。

古代的祖师以自性比作洪炉，生死比作一点雪，自性中不着生死，如雪不能入燃烧的洪炉，对明心见性的人，生死如一点雪，那么这世界上还有什么蛤蟆与茄子的分别呢？

问题是，在这转动纷扰的世界，能寂静、摄念、静虑来面对自我的，又有几人呢?

佛经上说:"三界无安，譬如火宅。"对禅者而言，火宅不在三界，而在自心，心的纷乱、纠缠、煎熬、燃烧，才是一切不安的根本，而三界的安顿也是心的安顿罢了。

行走水上的人

从前在舍卫国东南方，有一条很大的江，江水既深又广。江边住了五百多户人家，习性都非常刚强，他们善于欺诈地生活，并且自私贪利，总是放纵心意地过日子。他们从来没有听过任何道德的教化，更别说度脱世间的佛法了。

佛陀释迦牟尼知道他们的情形，非常悯念他们，想要去度化他们。于是，佛陀就走到江边，坐在大树下，江边的村人见到树下来了一个长相非凡的陌生人，全身散放奇异的光芒，没有不感到惊奇而肃然起敬的。

有许多人到树下看佛陀，并且礼拜问讯，佛陀就叫那些围着他的村人坐下，开始为他们讲经说法。可是由于村人长久以来习于互相欺骗，使他们无法相信真实的语言，虽然听了佛陀的真言，心里却不相信。

就在这个时候，有一个人从江的南岸来了，他的双脚从水面上走过，水只淹到他足踝的地方。那人一直走到佛陀前面，稽首礼拜佛陀。众人看了无不感到惊奇怪异。

村人就问那从南方来行走在水上的人说："我们数代居住在这江边很久了，从祖先以来，未曾听说有人能在水上行走，你到底是什么人？有什么道术？竟然可以在水上行走而不沉没呢？"

那人回答说："我只是居住在江南的一个平凡百姓，喜欢亲近有道德的人，我听说佛陀在这里，就想过江来亲近他。可是到了南方的江岸，找不到渡船过来，我就问岸边的人这水是深是浅，岸边的人告诉我：'这水只到足踝，何不涉水走过去呢？'我听信他的话，就这样走过来了，并没有什么神奇的法术。"

佛陀听了，当时就赞叹那行走在水上的人："善哉！善哉！人真实相信真理，生死的大海都可以渡过，以诚信而渡过数里的江水，又有什么稀奇呢？"

村人听了佛陀的说法，看到渡江过来的人，心意豁然开朗，对佛开始有坚定的信仰，并且受了五戒，开始修行，佛法就传遍了整个江岸。

这个故事出自《法句譬喻经》的《笃信品》，是在说明信仰的重要，当一个人有了绝对的信心，他从水面上走过并不是什么稀奇的事。这个故事是象征一个人要从生死的大海中解脱出来，就必须对佛有绝对的信心，因为信心乃是一切的基础。

如果是从净土来讲，就是确信有西方净土，是可以凭借信心与愿力去往生的。从禅来说，就是确信自性与佛无二无别，只要自性完全开启，就能契入法性，成佛有望。从密来说，就是确信佛、菩萨、本尊、上师、护法有不可思议的加持，凭借他们的威神力与自心修持密印，就能即身成佛。乃至不管修持什么法门，唯有绝对的信仰才能成就。

所以，我们要进入佛世界、禅世界、密世界、净土世界，依凭信仰而来的修持是最重要的，经典的研究、仪式的讲求都还在其次。没有透过信的实践，而想靠思维辩证来理解佛教是完全不可能的，这就像佛给我们一个杯子喝水，我们不去装水喝，而把杯子打破去研究它的成分一样，失去了杯子的原意。

在佛教的信仰如此，人生的信念又何尝不如此呢？一个人要成就小小的事功，都应该要有强大的信念，才能在生命险恶的波涛中行走水上，为理想而奋斗不懈；何况是一个人要成佛作祖、拯救众生，如果没有坚持信仰，努力实践，要如何成就，如何渡过生死的大海呢？

云在天，水在瓶

药山惟俨禅师有一次和弟子参禅的时候，弟子问他说："达摩未到此土，此土还有祖师意否？"

药山说："有。"

弟子又问："既有祖师意，又来做什么？"

药山说："只为有，所以来。"

对禅宗来说，这是一个很有意思的公案，"祖师意"就是"祖师西来意"，或简称"祖意"，是指教外别传的禅，也就是直指心印的禅。在禅宗弟子的心目中，可能或多或少会生出这个念头：禅宗为什么是中国特有的产物，在印度反而没落呢？我们称达摩（古籍又作"达磨"）为禅宗的初祖，那么，在达摩还没有来中国之前，中国有没有教外别传或直指心印的禅呢？

对这一点，药山惟俨肯定地说明了，在达摩未来之前，中国就有禅了。既然有直指心印的禅，达摩又来做什么？

"只因为中国有禅，达摩才来呀！"这话里含有许多玄机，一是禅是人所本有的，达摩只是来开发而已。二是如果没有能受传的人，达摩如何来教外别传、直指心印呢？三是中国会发展禅宗，根本是因缘所成。

达摩未来中国之前，或在达摩前后，中国就有一些伟大的禅祖，像竺道生法师、道房禅师、僧稠禅师、法聪禅师、南岳慧思禅师、天台智者大师等等，他们虽不以"禅宗"为名，所修习的却是禅法，可见在达摩禅师还没有到中国传禅法时，中国禅已经萌芽，正如酝酿了丰富的油藏，达摩祖师来点了一把光明的火把，继而火势旺盛，就照耀了整个中国。

即使在达摩之后，禅宗之外的宗派也出过伟大的禅师，例如天台宗的左溪玄朗、华严宗的清凉澄观和圭峰宗密，以及没有任何宗派的昙伦禅师、衡岳善伏禅师等等。这一点使我们相信不只是禅宗里才有禅，也进一步说明了在达摩祖师之前，禅就在中土存在了。

禅是怎么样存在着的呢？我们再来看一段药山惟俨禅师的故事。朗州刺史李翱很仰慕药山的大名，一再派人请他来会面，药山禅师相应不理，李翱只好亲自到山里去拜谒，禅师却仍然看着手里的经，连一眼也不看刺史。

李翱的侍者很心急，就对药山说："太守在此。"药山仍然不应，李翱看他如此无理，就说："唉！真是见面不如闻名。"

禅师这时才开口说："太守！你怎么贵耳贱目呢？"

李翱听了有悟拱手道谢，又问："如何是道？"

禅师用手指指天上又指指地下，问："会了吗？"

"不会。"

禅师说："云在天，水在瓶。"

李翱欣然作礼，而作了一首有名的偈：

练得身形似鹤形，千株松下两函经；

我来问道无余说，云在青天水在瓶。

禅的存在是多么明白呀！是像白云在天上、水在瓶子里一样的自然本有，只是有人看青天看不见白云、看瓶子没看到水罢了。

我现在来仿本文开头的公案，就更明白了：

有人问我："人还没有学禅时，他心里有没有禅？"

我说："有。"

他又问："既然有禅，又修行做什么呢？"

我说："只因为有，才要修行呀！"

不修不学，怎么知道自己本来有禅呢？

十斛芝麻树上摊

唐朝的时候，我国出现过一位伟大的居士庞蕴，他是石头希迁、马祖道一两位禅师的弟子，他虽未出家，但后世禅宗仍把他列入重要的地位。

庞蕴，字道玄，他和妻子女儿都修行禅宗，他的女儿叫庞灵照，对禅的悟境甚至不比父亲差，可以说是中国历史上少见的修行禅宗有成就的女性。他的妻子名字没有留传下来，在藏经里称为"庞婆"，也有很好的修证功夫。

有一天，一家人在茅庐里坐着，庞蕴突然说："难！难！难！十斛芝麻树上摊！"意思是修道是非常困难的，就像要把十斛的芝麻在树上全部摊开一样困难。

庞婆听了不以为然，接着说："易！易！易！如下眠床脚踏地！"是说：修行非常容易，就如同下床的时候脚踏在地上一样！

最后，庞灵照说："不难也不易，百草头上祖师意。"她的看法是，修行既不像父亲说的那么难，也不像母亲说的那么容易。

如果能领会百草头上有祖师意，则一草一木都是妙法，不是很容易吗？但对于不能从百草头上看见般若空慧的人，只把它当成普通的草，修行就难了。

后世许多禅学家在解这段故事时，都说庞灵照说得最好，最能表达禅的修行是一种调和与中道的概念。

但我对这段语录有不同的看法，其实庞蕴、庞婆、灵照说得都很好，并没有高下之分，只是他们所指向的层次不同罢了。

庞蕴所说的是"禅的心念"，他认为人的心念之多就像十斛芝麻一样，而且这些心念高高低低，微细如芝麻，要使心念完全专注在禅境上，不使它外流，正像是把十斛芝麻摊平在树上那么难呀！

庞婆所说的是"禅的生活"，她认为禅的修行到最后就完全落实在生活里了，这就是"平常心是道"，对于真能领受禅的好处的人，并不只在禅定上，就是从眠床下来踏到地上，如此简单的动作里也是禅的修行。这也就是古来许多伟大禅师都把吃饭睡觉的专注也当作禅修的原因了。

庞灵照说的是"禅的相应"，根本的禅法虽然说是往内心追求的，但是当一个禅的修行者自性觉醒之后，他的动作即使和平常人一样，对外在环境的看法却会大有不同，就是在最平凡的事物上也看出智慧，有时在一根草上也可以体会到真实明白的禅意，就如同祖师传下的心印一样。这正是大珠慧海禅师说的："解道者行住坐卧，无非是道；悟法者纵横自在，无非是法。"也是禅者常说的："青青翠竹，无非般若；郁郁黄花，尽是法身。"禅的相应也就是禅者和大地法身的心印呀！

如果我们能看穿这一层，就知道庞氏一家都是见性的人，实在没有什么高下。关于"百草头上祖师意"，在《庞居士语录》里还有一则他和女儿的对话，可以在这里做一个注脚：

有一天庞居士在打坐时，问灵照说："古人道'明明百草头，明明祖师意'，是什么？"

灵照说："都老老大大了，还问这种话语！"

庞居士说："你到底怎么说嘛？"

灵照说："明明百草头，明明祖师意。"

居士听了，会意地笑了。

读了这则对话我们不能笑，而是要想：明明百草的每一根头上都有祖师的禅意，为什么我们从来没看见呢？

答案非常简单：那是因为我们的妄念如十斛芝麻一样，如果我们的心念能进入专注清净的禅定，也能从百草头上清楚知道祖师的禅意。

射　鹿

马祖道一的门下有一位石巩慧藏禅师，石巩在还没有出家的时候，以打猎为生，是最讨厌出家人的。

有一次，石巩因为追赶鹿群，而经过马祖的寺庙，马祖站在庵前挡住他，接着两人有一段很有意思的对话。

石巩问马祖说："和尚见鹿过否？"

祖曰："汝是何人？"

曰："猎者。"

祖曰："汝解射否？"

曰："解射。"

祖曰："汝一箭射几个？"

曰："一箭射一个。"

祖曰："汝不解射。"

曰："和尚解射否？"

祖曰："解射。"

曰："和尚一箭射几个？"

祖曰："射一群。"

曰："彼此是命，何用射他一群？"

祖曰："汝既知如是，何不自射？"

曰："汝教某甲自射，即无下手处。"

祖曰："遮汉旷劫无明烦恼，今日顿息。"

听到这里，石巩立刻毁弃弓箭，自己抽出刀来截断头发，当下剃度，成为马祖的弟子。

这一段记载在《景德传灯录》的故事十分动人，那是因为里面藏了许多玄机，第一个玄机是马祖拦下石巩时已知道师徒的因缘。

二是伟大的禅师也是猎者，他有主动的精神，并且能同时教化不同的弟子，我们看马祖门下有大珠慧海、百丈怀海、南泉普愿、庞蕴居士、石巩慧藏、西堂智藏等等弟子，个个都是历史上熠熠发光的大禅师，可见到他伟大的教化。

三是警醒石巩，众生的每一命都平等的真义。四是从射鹿话锋一转，为什么不把箭对着自己的无明烦恼呢？这个时候，石巩果然自己射中，当下剃发出家了。

"射鹿"的公案还可以启示我们，回观自性的人，可以射中一群如小鹿狂奔的妄念，在这个观点上，能自射的人才是真正伟大的猎者。后世的人把类似"射鹿"的禅公案称之为"奇禅"，那是对奇特的弟子一种奇特的禅之教化。

这种教化可以让我们清楚看见禅宗的一些要义：一是第一义不可说。二是究竟无得。三是佛法无多子。四是担水砍柴无非妙道。

"射鹿"的公案具有这些要义，我们再来读一段马祖道一对弟子大珠慧海的伟大教化吧：

慧海初参马祖，祖问曰："从何处来？"

"越州大云寺来。"慧海说。

"来此拟须何事？"

"来求佛法。"

马祖说："自家宝藏不顾，抛家散走做什么？我这里一物也无，求什么佛法？"

慧海遂礼拜，问说："阿那个是慧海自家宝藏？"

祖曰："即今问我者，是汝宝藏，一切具足，更无欠少，使用自在，何假向外求觅？"

慧海大悟，当下自识本心。

这不也是一种射鹿吗？我们何不也把弓箭倒转，对着自己射射看呢？

心的影子

　　我相信命理，但我不相信在床脚钉四个铜钱就可以保证婚姻幸运，白首偕老。

　　我相信风水，但我不相信挂一个风铃、摆一个鱼缸就可以使人财运亨通、官禄无碍。

　　我相信人与环境中有一些神秘的对应关系，但我不相信一个人走路时先跨左脚或右脚就可以使一件事情成功或失败。

　　我相信除了人，这世界还有无数无量的众生与我们共同生活，但我不相信烧香拜拜就可以事事平安，年年如意。

　　我相信人与人间有不可思议的因缘，但我不相信不经过任何努力，善缘就可以成熟；不经过任何奋斗，恶缘就能够消失。

　　我相信轮回、因果、业报能使一个人提升或堕落，但我不相信借助于一个陌生人的算命和改运，就能提升我们，或堕落我们。

　　我也相信上帝与天神能对人有所助力，但我不相信光靠上帝和天神可以使我们进入永恒的天国，或因不信，就会使我们落入无边的地狱。

这些相信与不相信，是缘于我知道一切命运风水只是心的影子，一切际遇起落也只是心的影子，心水如果澄澈，什么山水花树在上面都是美丽的，心水如果污浊，再美丽的花照在上面也只是污秽的东西。

因此，改造命运的原理是要从心做起，而改造命运的方法是进入正法，不要落入外道。"心内求法就是正法，心外求法即是外道"，迷信也是如此，想透过外缘的攀附来改变命运就是迷信，只有回来从内心改造才是正信——所以迷信不应指命运、风水、鬼神等神秘的事物，迷信是指心被向外追求的意念所障蔽和迷转了。

佛经里说："佛能空一切相，成万法智，而不能灭定业。"佛不能灭的定业，谁能灭呢？只有靠自己了。《金刚经》也说："若以色见我，以音声求我，是人行邪道，不能见如来。"——什么才能见如来呢？心才能见如来，所以应先求自己的心。

一个人的心如果澄净了，就日日是好日，夜夜是清宵，处处是福地，法法是善法，那么，还有什么能迷惑、染着我们呢？

卷二　曼陀罗

天马的故乡

日本佛教史上，有一位伟大的真观禅师。

真观禅师到中国学佛，先研习天台宗教义六年，再研习禅学七年，后来又在中国名山参学了十二年，总共在中国"留学"二十几年，他返回日本后，在京都、奈良传扬禅法，一时，禅学大兴。

有一天，一位研究天台教义三十余年的道文法师，慕名来向真观禅师求教，他很诚恳地问道："我自幼研习天台法华思想，有一个问题始终不能了解。"

真观禅师说："天台法华的思想博大精深，圆融无碍，应该有很多问题，你只有一个问题不能了解，可见有很好的修持，你不能了解的到底是什么问题呢？"

道文法师问道："《法华经》上说'有情无情，同圆种智'，意思是树木花草皆能成佛，请问：花草树木真有可能成佛吗？"

真观听了，不但没有回答道文的问题，反问说："三十年来，你挂念着花草树木能不能成佛，对你自己有什么益处呢？你应该关心的是你自己如何成佛才对呀！"

听了真观禅师的话，道文法师感到非常吃惊，说："我从来没有想过这个问题，那么，请问：'我自己要如何成佛呢？'"

真观禅师说："你说只有一个问题问我，这第二个问题就要靠你自己去解决了。"

我从前读到这个故事，深受感动，它表达了禅的一个重要精神，就是要从自我开始，不要把自己纠缠进一些旁枝末节里面。星云大师有一次谈到这个故事，曾下了这样的结论："花草树木能不能成佛？这不是一个重要问题，因为大地山河，花草树木，一切宇宙万物，都是从我们自性中流出，只要我们成佛，当然一切草木都跟着成佛，不探讨根本，只寻枝末，怎能进入禅道？"

但是，当一个禅者回到真实自我的时候，花草树木是在哪里呢？这是法华精神，就是一地即是种种山川草木，而不是除去山川草木还别有一地，那么，山川草木不都是我们自性法身的流露，不也是成就我们的一部分吗？

在无明的冰火中

所以修习禅法的人，固然要从自性开始，回到真实本来的面目，可是在外在的对应上，却必须知道连花草树木都是不可轻慢、不可任意摧折的，如果我们在面对外在事物的时候不能有敬重包容的心，不能把它放进自我心量的一部分，那我们就难以理解"有情无情，同圆种智"的真谛了。

山川草木还不是很难对应的，最难对应的是我们四散飘飞的心念，我们常说想象力如天马行空，是难以驾驭的，其实，从无明升起的妄念也是想象力的一部分，如同天马一样飘忽来去，不要说驾驭了，有时我们一点都不知道它升起的地方，当然也不能控制它飞往的所在了。

想象力如果是天马，天马总要有个来处的，总要有一处天马的故乡；或者说，这天马在飞行动荡的途中，总有落下歇息的时候。对禅者来说，那天马的故乡，那天马偶尔息足，正是进入禅定的第一步，所以佛经里才说："多知多识，不如息念。"息念也等于系住了那匹没有一定方向飞行的天马。

不过，有一些禅者，因此认为人的想象力、意识、妄念是无意义的，这反而使他们的禅失去了活泼有力的生机，而成为枯木寒岩一派。想象力乃至妄念这样的东西，固然是禅者的干扰，何尝不是禅者最好的锻炼呢？

佛经里不是有一位"罔明菩萨"吗？罔明就是无明，无明是想象、意识、妄念的来处，也正是意念天马的故乡，连无明都成就了大菩萨，我们如何敢轻视无明呢？无明从何处来？《中阿含经》说："人以爱为食，爱以无明为食，无明以五盖为食，乃至不信以闻恶法为食，譬如大海以大河为食，大河以小河为食，乃至溪涧平泽以雨为食。"也就是由于听到恶法而不能信正法，不能信正法就生出贪、嗔、痴、慢、疑五种盖障，因为五盖而生出无明，由于无明才生爱欲，有了爱欲才有了人。

如果一个人没有无明就不会投生为人了，因此我们不能轻视

93

无明。

《止观辅行》里说：

> 为迷冰者，指水为冰。为迷水者，指冰为水。如迷
> 法性即指无明。如迷无明即指法性。若失此意，俱迷二
> 法。故知世人非但不识即无明之法性，亦乃不识即法性
> 之无明。

这是多么晶莹剔透的见解，法性与无明本来就是一体，就像
冰与水一样，无明的冰就是法性的水呀！无明一转，就是般若；
烦恼一转，即成智慧；迷执一回身，就是觉悟了。这正是六祖慧
能说的："一念迷，即是众生；一念觉，即是佛。"

修行人对待自我的无明，并不是斩断无明，而是在无明的冰
火中，冶炼出般若慧水；同样的，修行人在对待山川草木时，是
不轻贱一片地、一根草、一朵花、一棵树的，那是因为大地无不
是法界，法界中无不是我们自性的流露，而且即使是小草上的一
滴露水，无不是饱孕着般若的，只看我们有没有明净的心地去观
照罢了。曾经有人问牛头慧忠禅师说："阿那个是佛心？"他说：
"墙壁瓦砾是。"又有人问他说："你说无情也有佛性，那么有情
又怎么说？"他说："无情尚尔，况有情耶？"

在禅宗里，类似这样的说法很多，有一个有名的公案，可以
使我们更清楚这种说法的题旨。

一阐提人，皆有佛性

晋朝的大禅师竺道生，他曾向当时最伟大的译师鸠摩罗什修学佛法，他常说："一阐提人，皆得成佛。"当时《大涅槃经》尚未流传于中土，大家听到了这种说法都非常惊惧，认为非佛所说，是背离了佛道的。

因为，"一阐提人"依照《楞伽经》的说法是："一阐提有二种，一者舍一切善根。及于无始众生发愿。"意思是阐提分为两种，一种是断善阐提，就是起大邪见而断一切善根的人。二种是大悲阐提，是指有大悲心的菩萨，发愿要度尽一切众生才成佛，由于众生没有度尽的时候，自己也就成佛无期。理论上，充满邪见的人、毫无善根的人，成佛当然无望；而那些要度尽众生才成佛的菩萨们，由于他自许的诺言，成佛也是遥不可及的事了。

可是竺道生竟敢说他们都能成佛，很自然引起了众人的疑虑，甚至都摈弃他的说法，但他仍坚持这个看法，还发下誓言："若我所说，反于经义者，请于现身即表厉疾，若于实相不相违背者，愿舍寿时据师子座。"（如果我说的话有违反经义，现在就让我得重病，如果我说的法不违背实相，但愿我死时是坐在师子座上说法，安然而逝。）说完，他拂袖而去。

竺道生后来进入平江虎丘山，搬了一堆石头竖起来做听众，他就为那些石头讲经，讲到"阐提悉有佛性"的时候，他问那些石头说："如我所说，契佛心否？"听讲的石头全部点头。这个景象被路过的人看见了，传说"道生说法，顽石点头"，大家又认为他有道，十天之内来跟随他的学徒有数百人，后来他到庐山去，徒众更多。

不久之后，昙无谶在北凉译出了《大涅槃经》的后品，传到南京，里面果然说到"阐提悉有佛性"，和竺道生最早的说法相同，才证明这是佛陀曾说的话。

竺道生拿到《大涅槃经》时非常高兴，立即升座说法，当整部经快说完的时候，他手上拂尘的毛纷然坠下，端坐正容而圆寂了，死时颜貌不变，好像进入定境一般。

以无心来通达佛法

这实在是一个非常动人的故事，竺道生坚持一阐提人都有佛性、都能成佛，正是肯定了邪见、无明、断了善根的人，也可以因正面的对待而得到成就，我们回想起来，他当时要说出这样的话，不知道需要多么大无畏的勇气！

竺道生的故事还有一个有趣的部分，就是他说法时顽石为之点头，一般解禅的人都把这看成是竺道生的神通，我的看法不同，我认为竺道生在说法时进入了无分别心的境界，顽石成为他自性的一部分，他是以无心来通达佛法，无心的顽石也成为他通达的一部分，乃至成为他的众生，那么点头不是很自然的事吗？只是旁边看的人对石头有分别，才以为那是神通罢了。

可能有人会认为山川草木是自性心水的流露，无明与法性一体的说法还是太玄了，那么我们回到现实世界来看一个例子。

我从前听过一些西方、日本打击乐团的演奏，这些乐团非常前卫，他们不使用任何传统的乐器来演奏音乐，用的都是破铜、烂铁、脸盆、木棒、石块、瓦砾等现代社会公认的废物，但当他们用棒子打击废物时，竟生出了非常优美的音乐，在演奏会现场，使人不敢相信自己的耳朵。

如果把这些音乐录下来，从录音机中放出，几乎没有人能听出，原来那些都是废物所发出的美妙音声。那么，瓦砾中有微妙的音乐是可能的，瓦砾中有无上法又有什么不能呢？

美术史上的波普艺术、达达主义，不也是从废物堆里发展出来的吗？甚至现在最风行的朋克艺术、新表现主义，不都是从垃圾堆里找到的灵感吗？

有音乐的人，心中遍满音声，可以从任何材料发出，不一定要用非凡的乐器。

有美感的人，心里流动颜色，可以从任何材料发出，不一定要用最昂贵的颜料。

因此，有佛法的人，到处都是佛法，可以在任何时间任何地点，都流露自性的芳香，不一定要在庄严的道场，不一定要正襟危坐才有佛法呀！

回到自心的明净

从前有人问黄檗希运禅师："如何得不落阶梯？"

他说："终日吃饭，未曾咬着一粒米；终日行，未曾踏着一片地。与么时，无人我等相。终日不离一切事，不被诸境惑，方名自在人。"

他不是叫人不要吃饭、不要走路、不要与人相处、不要做事，而只是叫人不要被境所惑而已，事实上，我们吃的米、我们走的路、我们行的事、我们会面的人，都只是一个缘起，端看我们如何去对待罢了！

写到这里，才发现我这篇文章正是天马行空一般，仿佛没有凑泊之处，但天马不是没有故乡，天马的故乡是回到自心的明净，开启自性的般若。

僧稠禅师和弟子的几段对话，可以帮助我们的天马，回到故乡。

问："大乘安心，入道之法云何？"

答："欲修大乘之道，先当安心。凡安心之法，一切不安，名真安心。言安心者，顿止诸缘，妄想永息；放舍身心，虚壑其怀；不缘而照，起作恒寂。种种动静音声，莫嫌为妨。何以然者？一切外缘，各无定相。是非生灭，一由自心。若能无心，于法即无障碍，无缚无解。自体无缚，名为解脱……"

问："何云名禅？"

答："禅者定也，由坐得定，故名为禅。"

问："禅名定者，心定身定？"

答："结跏身定，摄心心定。"

问："心无形状，云何看摄？"

答："如风无形，动则即知。心亦无形，缘物即知。摄心无缘，即名为定。"

天马的故乡是什么？

"禅定"两字而已！

只有禅定的人，才能具足戒体，系缚住妄念的天马，也只有禅定的人，才能生起般若智慧，使天马有广大而良好的方向。成佛的道路，是在戒定慧中孕育福慧的资粮，以便可以行走漫漫长路，绝对不是要一刀砍死想象的、妄念的，乃至无明的天马！因为，天马一死，哪里才是故乡呢？

自由人

　　日本近代的禅学大师山田灵林，把世界上的人都归为三种类型：第一型是纯朴未开，不受任何知识上的苦恼，像猪一样能和平生活的人，叫作"自然人"。

　　第二型是头脑明晰，知能发达，却反而受尽"知"的烦恼，导致神经过敏，始终无法与他人相处，过着不愉快的生活的人，叫作"知识人"。

　　第三型是超越了"知"的苦恼和"情意"的苦恼，能任运无碍过活的人，叫作"自由人"。

　　为了说明这三种人的不同，他举了一个非常有趣的例子说明：

　　某家五人居室的前廊上，一双拖鞋没有排好且翻了过来，这家的下女虽好几次出入主人的房间，办好了主人的几件差遣，但对翻过来的拖鞋一点也没有注意到。她正如在深山里纯朴未开的少女，只把每次被吩咐的事在能力范围内办好，其余的一概不管，所以她每天十分快乐，能吃就吃，能睡就睡，除了衣食住行，对人间的一切事务与知识都不管，没有任何心事。——这就是"自然人"的典型。

这家的少奶奶拿信件要进屋时，看见了翻过来的拖鞋，但因男主人吩咐要处理一件紧急事务，来不及翻那双拖鞋。一会儿她端红茶要进屋，又看见那双拖鞋，心想一边拿饮料一边翻拖鞋有碍卫生，还是没有改正它。要离开房间时，突然听到了孩子的啼哭而跑向婴儿室，这一次根本没有想到拖鞋的事。就这样，她一整天都挂虑那双拖鞋，导致在房间、在厨房、在婴儿室时都不能平静，不能专心，而苦恼万分。少奶奶出身名门闺秀，读过大学，因此她想把学来的知识全部应用在现实生活上，却往往不能照自己的期望，反而带来日日夜夜的焦急不安，最后她变得很神经质，甚至连看到猫儿换个位置晒太阳，也会不安而烦恼。——这就是"知识人"的典型。

这家的老太太，有事找她的儿子，她看到翻过来的拖鞋，马上随手翻正，然后欣然不把这件事放在心上。老太太是很沉着的人，她善于发现事件的问题，而一发现问题，马上很轻易地处理好，如果是件不能处理的事，她马上把它忘掉，因此她的心境一直平静而稳定。——这就是"自由人"的典型。

山田灵林的譬喻很值得我们深入地思索，拖鞋可以说是烦恼的一种象征，这一家的女佣可以说是从来不知烦恼为何物地生活着，就如同这世界上许多神经粗糙的人，不是他们非常快乐，而是他们既见不到烦恼，同时也不能知道精神的愉悦是什么，他们没有思考、没有反省、没有觉悟、没有方向与追求，只是像动物一样地过日子。

少奶奶虽然知识丰富，却反而为知识而受苦，被种种知识扯来扯去，忽左忽右，像漩涡一样旋转，于是陷入一种紧张而焦躁的状态，生活充满无谓的苦恼。这说明了要追求心灵的和平与究竟的宁静，知识是无能为力的，无论用任何知识，都不能凭着知识得到安身立命，因此以安身立命为目标的人，知识实在是没有价值，有时反而带来烦恼。

但是我们不应反对知识，而是要把知识收集整理，利用生活经验来驾驭它，到能无碍的时候，心地自然平直像前面的老太太一样。不过如果要靠外在经验的累积，达到心性的自由，等他成为自由人时，已经消耗了大部分的生命。

佛教禅宗所追求的也是"自由人"的世界，只是所循的是内面的方法，就是靠宗教的精进来达到心性的自由，才能得到真正的安心，与究竟的立命。

但是，禅的"自由人"与老太太的"自由人"还是有差别，老太太的自由是一种动作，是因外相（如拖鞋）的对待而来，禅师的自由却是绝对的，自我的，没有对象的。

在佛教里，把凡夫的世界称为"相对界"，意即这个世界是用对立思考来想事情的处所。爱与恨、清与浊、男与女、美与丑、善与恶、春与冬、山与川、相聚与离别、生长与凋零，无一不是对立。因而，在我们这个世界上，不用对立就无法思考和判断事物了。由于这些对立，我们的世界才不断地变化与作用，不断尝受葛藤斗争之苦，我们就在对立的影子，以及影子所形成的影子中生活。

禅的境界，乃至佛教一切法门的境界，都是在超越对立的境况，进入绝对的真实，这绝对真实就是使自己的心性进入光明的、和谐的、圆融的、无分别的世界。由于超越对立，进入绝对，使修行的人可以无执、任运、无碍自在、本来无一物，甚至无所住而生其心。

这超越的绝对世界，并不表示自由人在外表上与凡人有何不同，他也有生死败坏，像我们看到罗汉的绘像与雕刻，通常不是那么完美的，他们也有丑怪的，也有痴肥的，也有扭曲的，但是他们却处在一种喜乐和谐的景况。最重要的是，他们仍有强旺的生命力，有着广大的关怀与同情，不因为心性的自由，而失去了对理想生命的追求。

日本盛冈市名须川町的报恩寺，有一个罗汉堂，罗汉堂里的五百罗汉刻于一七三一年左右。相传凡是想念过世亲属的信徒，只要顺着五百罗汉拜下去，一定会在其中找到一尊和亲人的长相容貌一模一样的罗汉，因此数百年来，报恩寺的香火鼎盛。

这故事告诉我们，罗汉的外貌也只是个平常人罢了。

中国禅宗公案里，曾有一个极著名的公案，说从前有一个老太婆，她供养一位禅的修行者，盖了一个庵给他修行，并且供养三餐达二十年之久，时常派年轻美丽的少女为他送饭，二十年后有一天，她叫派去的少女送饭的时候坐在修行者的怀中，并且问他："正与么时如何？"（我坐在你腿上，你感觉怎么样？）

修行者说："枯木倚寒岩，三冬无暖气。"

少女回来后就把这两句诗告诉老太婆，老太婆很生气地说："我二十年只供养个俗汉！"于是把修行者赶走，并且放了一把火把庵也烧掉了。

这是个非常有趣的公案，到底老太婆为什么生气呢？那是因为修行者以为肉身成为枯木寒灰才是坐禅的极致，认为断尽一切身体的反应的隐遁，才是真正的禅。其实，禅的正道不是这样，禅的正道不是无心的枯木，而是有生命的，如如的。它不是停止一切的活动，而是在比人生更高层次的、纯粹的、本质的地方活动，有坐禅经验的人都应知道，禅不是死、不是枯、不是无，而是自在，也就是赵州禅师说的"能纵能夺，能杀能活"，是药山惟俨禅师说的"在思量个不可思量的"。

凡可以思量的，它不是自由；凡有断灭的，它不是自由；凡有所住的（即使住的是枯木寒岩），也不是自由！

有许多修行者要到深山古洞去才能轻安自在，一走入了人间，就心生散乱，这算什么自由呢？

那么，何处才是自由安居的道场呢？它不在没有人迹的山上，不在晨钟暮鼓的寺院，而是在心。心能自由，则无处不在，无处不安，那么坐在什么地方又有什么重要呢？

我们都是平凡的人，介于自然人和知识人的中间，想要像悟道者那样进入绝对和谐的世界是极难能的，也就是说我们难以成为真正自由的人。

但我们却可以提醒自己往自由的道路走，少一点贪念，就少一点物欲的缠缚，多一点淡泊的自由。少一点嗔心，就少一点怨恨的纠葛，多一点平静的自由。少一点愚痴，就少一点情爱与知解的牵扯，多一点清明的自由，限制迷障了我们自由的，是贪、嗔、痴三种毒剂，使我们超脱觉悟的则是戒、定、慧三帖解毒的药方。

完全自在无碍的心灵是每个人所渴望的，它的实践就是佛陀说的"放下！放下！"

放下什么呢？看到拖鞋翻了，把它摆正吧！摆正了的拖鞋，再也不要放在心上，如是而已。

注：山田灵林，是日本可与铃木大拙比美的禅学泰斗，在理论与实践上都有成就，"自由人"的说法出自他所著的《禅学读本》。

人生丛林

佛教把大的寺院称为"丛林",特别是禅宗的寺院。那是由于僧众合和,有如大树丛聚成林,另外还有"功德丛林"的意思,因此后世居士聚集的团体,也称"居士林"。

"丛林"是多么好的一个象征!在现代社会里我们的生活不也是丛林一样吗?每个人占有自己一小片立足的地方,互相维持着爱或恨的距离,冷漠的注视与热情的拥抱经常挣扎摩擦,枝丫与枝丫纠缠不清,甚至完全遮住了阳光。

人的问题可能比丛林还要复杂,人与人间的情爱、仇恨、冲突与挣扎,都是因为互相没有一个良好或清明的距离才产生出来,为了规范人与人间的距离,才有了法律与伦理。可叹的是,每个人都知道法律、伦理都不是十全十美的东西,却没有一个更好的制度来取代。

在禅宗的丛林里也有制度,除了教导之外,完全没有刑罚,它只是以每个人的道德做依持,竟然能流传千余年之久而不失去光辉，并且维系禅宗的法脉于不坠，实在是令人赞叹！

中国禅宗丛林制度的创立，相传始于马祖道一与百丈怀海师徒，马祖道一是禅宗历史上伟大的道师，他门下出了七十二位大善知识，最杰出的一位是百丈怀海禅师，马祖时代的丛林已有一些规矩，不过真正创立清规的却是百丈。相传百丈禅师是在唐朝元和九年，创立了天下丛林规式，从此望风景从，大行于天下。

百丈禅师继承了马祖的风格，也成为伟大的禅师。《指月录》上说他幼年时代随母亲到佛寺拜佛，就指着佛像说："这是谁？"母亲说："那是佛。"他对母亲说："佛形容与人无异，我后亦当做佛。"所以，他在很小的时候就入寺出家了。

他在百丈山当住持，四方学者都来听法，禅堂经常爆满，户限为穿，在他的座下有沩山灵佑、黄檗希运两大弟子，后来也成为伟大的禅师。他希望弟子的格局都能超过他，曾在给黄檗印可时说过一句名传千古的话："见与师齐，减师半德，见过于师，方堪传授。"从这句话可以看出他教化弟子是何等的胸怀、何等的气势！

百丈禅师晚年创立丛林清规，改革了印度原始佛教僧侣乞食的传统，设立合乎中国社会人情的农禅制度，提倡"一日不作，一日不食"。为了实践他首创的清规，传说他到了九十几岁，还到田里操作不休，他的弟子过意不去，偷偷把他的农作工具藏起来，他找不到工具，一天没有出去工作，就一天不吃饭，弟子没有办法，只好让他继续工作，一直到九十五岁圆寂，后世的人把这段美谈称为"百丈高风"。

百丈禅师的丛林清规虽然制度完备，但它也只是在表达习禅者的"高风亮节"而已，所有的制度都由高超的风格与清亮的节操所衍生出来。我们来看他留下的《百丈大智禅师丛林要则二十条》，多少能体会到丛林清规的精神：

丛林以无事为兴盛。

修行以念佛为稳当。

精进以持戒为第一。

疾病以减食为汤药。

烦恼以忍辱为菩提。

是非以不辩为解脱。

留众以老成为真情。

执事以尽心为有功。

语言以减少为直截。

长幼以慈和为进德。

学问以勤习为入门。

因果以明白为无过。

老死以无常为警策。

佛事以精严为切实。

待客以至诚为供养。

山门以耆旧为庄严。

凡事以预立为不劳。

处众以谦恭为有礼。

遇险以不乱为定力。

济物以慈悲为根本。

它无非是在说明，处在任何的大丛林里，人都应该从管理自己的身心开始，然后才能及于大众，它具有凡事反求诸己，凡事为他人着想的精神，有了这种精神，有再大的组织、再多的人也一样能循规蹈矩了。

　　百丈的清规不只是对禅的丛林有用，也是人生的金玉良言，现代社会即是一个比寺院复杂百倍的丛林，现代人是丛林的一分子，当然要守丛林的规矩，这规矩就是法律。可惜的是，法律虽能惩恶维善，却不能令人安身立命，得到究竟的平安。

　　像《百丈大智禅师丛林要则二十条》，就是使一个人在现代大丛林里也能安身立命、自在无碍的智慧，倘若我们将它看成只是佛教丛林特有的规则，那是不顾智慧的宝藏，抛家散走的庸人了。再进一步说，禅宗的丛林清规，无非是希望在有秩序的环境中开启自性般若，这也是究竟平安之地。究竟平安谈何容易，我们就先从安身立命、调伏自心开始吧！

看着世间的眼睛

佛陀将入涅槃的时候，大地有六种震动："诸何反流、疾风暴发、黑云四起、恶雷掣电、雹雨骤坠、处处星流。"

那时候，山林里的狮子和猛兽大声地咆哮呼唤，世上的人与天上的神仙没有不号啕痛哭的。

他们都这样说："佛取涅槃，一何疾哉！世间眼灭！"

接下来的这一段经典是佛经上最动人心魄的一段：

当是时间，一切草木药树，华叶一时剖裂；诸须弥山尽皆倾摇，海水波扬，地大震动，山崖崩落；诸树摧折，四面烟起，甚大可畏。陂池江河尽皆扰浊；慧星昼出。诸人啼哭，诸天忧愁，诸天女等嗫呐哽咽，涕泪交流。诸学人等黯然不乐，诸无学人念有为诸法一切无常。如是天、人、夜叉、罗刹、乾闼婆、甄陀罗、摩睺罗伽及诸龙等，皆大忧愁。……

这是《集法经》里描写释迦牟尼佛灭度的情景，读了令人血脉沸腾，哀痛翻涌。但是，最让我震动的是当时人天的一句私语："佛取涅槃，一何疾哉！世间眼灭！"用白话来说是："佛陀取涅槃，实在是太快了！看着世间的眼睛，从此灭去了！"

我想，这才是真正的哀恸，在无明黯夜中闪烁着，带来无量伟大光明的眼睛，从此在世上消失，还有什么是比这个更悲惨的事吗？佛陀的慈悲与智慧，可以说是带领着世间行走的眼睛，可以说是照亮世间的眼睛，也可以说是清楚观照世间的眼睛，更可以说是悲悯地看着世间的眼睛。

由于这个典故，后来把佛所留下的经典称为"人天眼目"。

我被"世间眼灭"这四个字深深感动，佛陀告诉我们最伟大的教化，就是众生都有佛性，众生都可以成佛。如果从"世间眼灭"这个观点来看，是人人都有观照世间、照亮世间、悲悯世间，乃至带领自己及世间走向佛道的眼睛，只是我们的这双眼睛从来没有张开罢了。或者说，我们的眼睛被世间事物所障蔽迷惑，反而失去了本来的面目。

人人本有的眼睛怎么会失去呢？有的人是只顾着向外追求，不知道往内观照而失去了。有的人是只顾自己的利益，从来不看看世间的真实而失去了。有的是被贪、嗔、痴、慢、疑五个盖子盖住而失去了。还有许许多多的人，因为不知道自己有眼睛，在无知中失去了。

其实，心的眼睛是不会失去的，只是暂时闭着或隐藏着，当我们转向光明的一面、觉悟的一端、智慧的一边时，它就慢慢地张开了。

佛陀的眼从来就没有灭去，更且用他的诞生及涅槃点燃了无数照亮世间的眼睛，我们如果能体会到佛的教化，就应该点燃我们的眼睛，让我们一面照着自己，一面看着世间，当我们张开了自性心眼的那一刹那，我们就会知道，佛的眼睛从来没有在这世间里灭去！

就如同《华严经入法界品》中说的：

> 譬如一灯燃百千灯，其本一灯无减无尽，菩萨摩诃萨菩提心灯亦复如是，普燃三世诸佛智灯，而其心灯无减无尽。善男子！譬如一灯入于暗室，百千年暗悉能破尽，菩萨摩诃萨菩提心灯亦复如是，入于众生心室之内，百千万亿不可说劫，诸业烦恼种种暗障，悉能除尽。

佛陀涅槃，"世间眼灭"应作如是观，佛虽入灭，眼未曾闭，仍然看着世间。我们作为佛的弟子，若忆念佛的悲愿，当报佛恩，首要的是，张开我们的心眼，来看着世间、照亮世间，为无明点一盏智灯吧！

小

佛陀释迦牟尼初证道不久，住在舍卫城郊外的给孤独园，当时方圆几百里外的人都知道给孤独园里，住了一位彻底证悟的人，他有世间最高的智慧。

这个消息给拘萨罗国的国王波斯匿听到了，他赶来拜访佛陀。在他心里的预想，佛陀一定是年纪非常大的老人，经过很长久的沉思才证得了彻悟人生真实的智慧。等他到了给孤独园，见到佛陀的时候，不禁感到吃惊，因为在波斯匿王面前的竟是一位三十余岁的白脸青年，脸上没有一丝皱纹。

波斯匿王对于眼前的年轻人自称证得最高的智慧，而且被世人顶礼恭称为"世尊"，感到非常迷惑，他忍不住问道：

"世尊！听说您已证悟了最高的道，无上的正等正觉，这是真的吗？"

"大王！是的，如果在这个世界上，有人可以说已经证悟最高的道，那个人就是我。"佛陀肯定地答复，但是国王还是不肯相信眼前的白脸青年已经得道。

他继续问道："但是，世尊！在这个世界上，被人尊敬为师，有许多跟随的弟子，非常闻名的沙门和婆罗门也不少，像富兰那迦叶、未伽梨瞿舍罗、尼乾陀若提子等等，都是有修行有名望的老师。可是，当被问及是不是悟得最高的道，他们也不敢很肯定地回答。像您这么年轻，出家的日子很短，怎么敢说悟到最高的道呢？"

这时，青年的佛陀回答道："大王！不要以为小的事物就轻视它。在这个世界上，有四种事物不可以小而轻视的，不可以因为国王年纪小就予以轻视。不可以因为蛇小就予以轻视。不可以因为火小就予以轻视。不可以因为比丘年轻就予以轻视。"

波斯匿王听了，很钦佩佛陀的智慧，进而聆听佛的教化，终于皈依了三十七岁的佛陀，成为佛的弟子。

佛陀的说法是多么有智慧，年轻的国王与老年的国王同样有威权，小蛇的毒液和大蛇是完全相同的，小火和大火并无区别，当然，修行人的证道也不能以时间的长短或年纪的大小来区分。因为这样，佛陀才留下一个"不轻未学"的伟大教化，不要轻视那些未学的人、年轻的人，因为他一转身、一起念，燃点了累世的智慧，往往能超越那些长久修行的人。

这个教化是容易理解的，一个人睡眠需要八小时，但醒来往往是一秒钟的时间，同样的，如果我们相信三世，一个人睡了千百年，醒来也只需要一秒钟，没有睡一百年的人，需要一百年才能醒来的道理。推衍起来，禅宗说的"顿悟"正是那睡醒来的一秒钟。

所以"顿悟"是可信的,"纳须弥于芥子"是可信的,"无量劫摄于一念"是可信的,"一念遍满三千大千世界"也是可信的!

禅的修行是从相对的世界进入绝对的世界,在绝对世界里是没有大小的,因此,我们小一点又有什么关系呢?在世间,只有心量真正庞大的人自居于小,才能毫无遗憾!

佛陀所说的小不是表相的,经典上不是说每一微尘里都有佛的净土吗?这是华严境界,如果这还不能理解,世法上也可以知道,只有空的瓶子才能装水,而也只有空瓶子装满虚空,不管拿到何处,打开瓶塞,都能和任何地方的虚空相应。

自认为小一点、空一点,是修行者对待自己的态度;但永远不因别人小、别人空而轻视,则是修行人对待别人的风格!

月溪一偈

法无正像末三时之等差，
人何上中下三根之端的。

——月溪法师警语

月溪禅师是我国近代有成就的禅师之一，他在十二岁的时候读《兰亭集序》到"死生亦大矣，岂不痛哉"的句子，慨然有所悟。

十九岁发心出家，随即在佛前燃烧左手的无名指与小指供佛，并且剪下一块手掌大的胸肉，燃成四十八盏灯供佛，在佛前发三大愿：

一、不贪美衣食乐，修苦行，永无退悔。
二、遍究阅三藏一切经典，苦心参禅。

三、以所得悉讲演示导，广利众生。

二十二岁后开始说法，足迹遍及中国大江南北，与虚云、来果禅师并列为近代中国最杰出的禅门宗匠。

月溪禅师说法数十年，死后肉身不坏，得全身舍利，现供养于香港。他留下了许多著作，条理明白，从自性中流露，是入禅极好的读本。

月溪早年燃指，胸燃四十八灯供佛，一直传为美谈，但在他的"问答录"里，有弟子问他："法师自幼出家，燃指燃灯，各省讲经，弘法多年，法师可算前生有夙根也。"他的回答是："我在自性中觅过去现在未来，了不可得，哪里还有夙根不夙根？"

月溪秉承了禅宗"当下即是"的精神，他常说："禅宗本无阶级，一悟便悟，不悟便不悟。"他最反对人家说某某人是什么菩萨来应世、来化身的，那是因为他确信一个人契入禅的世界，应从当下的自己开始，所以他也反对一般人把佛教分为正法、像法、末法三个时期，反对世俗把学佛的人分成上、中、下三种根器的见解。

有一次，一位弟子问他："人说末法世界，众生下根居多，如我见解，佛法并无正法、像法、末法之等差，人无上根、中根、下根之分别。如六祖说下下人有上上智，上上人有没意智。其发心修行者即为上根，不修者，即下根。"

他很高兴地给弟子印可，后来他写《月溪法师警语》，便把"中峰广录"的偈镶了进去，就是"法无正像末三时之等差，人何上中下三根之端的"。

117

为什么世俗有正像末、上中下的说法呢?

原来,依照《法轮预记》(即佛的预言)中说,从佛住于世间算起一千年是正法时期,过了一千年,接着是像法时期一千年,像法一千年后是末法时期一万年,然后佛的正法在世间完全灭去了。

所谓正法时期,是当值佛世,由于自己的善业与佛的威德加被,修证成就极为容易;到像法时期,修的人多,证的人少;再到末法时期,能修证的人已经是凤毛麟角的稀少了。人的根器也因福德因缘而有不同,大体而言,末法时期的众生,都算是下根了。

若依《法轮预记》,我们现在的世界正进入第五个五百年,是末法刚刚开始不久,也是"斗争坚固时期",生在这个时期的人格外嗜好斗争,因疯狂的斗争使人逐渐失去慈悲和悦,当然无心于菩提,更甭说成就了。

如果依照佛经对末法的记载,我们对觉悟不免会有悲观之念。月溪禅师的说法,是从自性来说,从发心来说,也就是当一个人回到自性,发了大心,那么正像末对他就没有什么问题(因为正法时期没有觉悟的人也多的是),也自然没有上中下的差别了。

这是多么乐观而对我们有启示的说法!一个人发心修行就是上根利器,也就进入了正法时期,末法、下根于我何有哉?

人生里又何尝不是这样呢?心性常处于正法时期,常知自己若是觉悟就是上根,深信小自情欲大至生死都能因法是正法、人是利根而得到解脱,常葆乐观的心念,确信至道无难,才能有学佛习禅的信心。

　　如果口口声声古代正法、古人根利，今世末法、今人根钝，而不肯觉悟发心，套用一句禅门里的话，就是"自打退堂鼓，难担如来家业"了。

楞严经二帖

灯能显色，如是见者，是眼非灯。

眼能显色，如是见性，是心非眼。

我进入书房，把灯打开。

这时，我看见了四壁围着我的书，它们的颜色都一一呈现出来，精装的经典，书背是藏青、橙红，与灰褐色的。套书与丛书都是经过规划，一式一样地站立。那些零散的现代书籍则花枝招展地穿着艳丽的衣裙。

书的架上还有一些现代雕塑闪着金光，陶瓷则说着乡土的语言。穿梭在雕塑与陶瓷间的是一束褐色的干燥花和一瓶正怒放绿叶的万年青。

这么多的颜色有时让人目眩，在工作累了的时候我把灯关掉，静静坐在黑暗里，闭着眼睛，再张开的时候我什么都看不见了。

在关灯以后，我也不是看不见，而是看见了黑暗，在黑暗中，我知道我的什么书摆在什么地方，我一伸手就可以拿到。

灯、眼睛，与看见的问题让我迷惑了。

是灯在看见吗？是的，因为灯没有点亮之前，我们看不见眼前的东西。

不不，不是的，如果说灯有看见或看不见的本能，为什么开关在我的手上，我难道可以控制一个能见事物的本能吗？

那么，是眼在看见吗？是的，点亮的灯只能发光照出色相，灯光本身并没有看见的功能，是我们的眼睛借着灯光看见了东西，我们的眼睛才有看见的本能。

不不，不是的，如果说是眼睛有看见的本能，为什么在黑暗里我闭起眼睛，还是知道书房里的一切呢？为什么每一个人看同样的书却有了不同的分别和想法呢？有一些心性有病或低能的人，他眼睛的功能和我们完全一样，为什么他看见也等于什么都没看见呢？再说，如果眼睛近视或远视的人，他必须戴眼镜才看得见，是他的眼睛或眼镜有见的功能，还是他的心呢？

既然不是灯光在看，不是眼睛在看，我们是用什么来看着这个世界？什么才是看见的本性呢？

它是我们的心，只有我们的心才能真实地看见事物，我们的心才有见到事物本质的功能。

有明利的心的人，拥有一对好眼睛，在打开灯光的时候，才能真实地看见。

有灯光的时候，眼盲的人仍然看不见。

好眼睛的人又遇到有灯光，没有心，也仍然看不见。

所以，对灯光的讲究，对眼睛的保养，都不如磨亮明慧的心来得重要。

> 又如新霁，清旸升天，光入隙中，
>
> 发明空中诸有尘相。尘质摇动，虚空寂然。
>
> 如是思惟：澄寂名空，摇动名尘。

在雪霁初晴的时候，晴朗的阳光照亮了整个天空，有的阳光偶然照进了门窗的隙缝里面，在这隙缝的阳光里，我们能清楚地看见空中尘埃飞扬的景象。

不管尘埃如何摇动，虚空的本质依然寂静没有改变。从这个现象来思考观照，就会知道虚空的本质是澄清寂然的，而尘埃的状态则是上下摇动的。

我们都曾在某一个午后，坐在窗前看阳光从缝中射入，看见了光中的尘埃。阳光的照射窗隙是一种偶然呀！仿佛是客人走到我们的门口，它移动了，离开了，就好像客人离去了，脚步声杳，尘埃也看不到了。

窗隙里如果没有阳光照射，我们不能说那里就没有尘埃飘动，只是隐藏着，等待阳光会合的因缘吧，如果阳光不来，尘埃就没有景象。

尘埃摇不摇动，对窗隙的阳光是没有增减的；阳光照不照耀进窗户，对虚空里光明澄澈的太阳也是没有增减的。

我们的一生是不是就像阳光偶然照进了门窗的缝隙呢？

我们一生的际遇，成功与失败，欢乐与哀愁，高歌与悲叹，获得与失落是不是就像窗隙阳光里飘动的灰尘呢？

　　我们发现尘埃多一些少一些，飘摇得厉不厉害并没有意义，因为尘埃不是生命的真实。

　　我们守住窗隙的阳光，希望它能永远留在那里也是不可靠的，因为窗隙的阳光只是一个偶然，也不是阳光的主人。

　　相对于苍空中的太阳，我们自性的真实就是那样子的，如果我们发现了光明遍满的自我本质，那么我们对于如窗隙的一生的因缘就不会执着。当然，一切人生的是非成败转头成空，青山依旧，几度夕阳，我们也就不会被外在的利衰毁誉等尘埃所迷转了。

　　可悲的是，我们都知道窗隙的阳光是一种偶然，阳光里的尘埃是不定的假相，但我们却不肯相信人生其实也像是那样呀！

　　从灰尘走出来吧！从窗隙的阳光走出来吧！看看窗外天空中与我们心性中同时照耀的、澄清的太阳吧！

地动因缘

第一次感受到地震的威力，是十岁时的冬天。那时我正在戏院里看电影，大地猛烈震动，突然停电，影息声歇，人像疯狂了一样奔走，我被吓呆了，躲到戏院的椅子底下，然后听到几声惊叫，凄惨而恐怖。

后来才听说几个小孩在奔走时，不小心跌倒，被惶乱的人群踩成重伤。那一次我家的砖墙从屋顶到地上裂了一条大缝，这使我对地震开始产生一种恐怖的情绪。

那在地震时被践踏而留下的惊叫，使我每次遇到较大的地震时，就忧心地想到：不知道有多少人又在这地震里受害，心底升起一种莫名的哀痛。

地震的可怕使古来农村的人都相信它是活的，他们叫地震是"土牛翻身"，我的外祖母和乡里的老辈，在我童年时代若遇到地震，就用拐杖或木棒用力击地，嘴里叫着："傲！傲！"那声音与农人赶着牛车前进，要牛停住而勒紧缰绳时所发出的命令语气非常相像。

地里真的有一只其大无比的土牛吗？这是我们小时候心里很大的疑惑，后来上了学虽然知道那可能是迷信，但在每一次地震摇动的时候，又相信是土牛在翻身了。

土牛为什么翻身？旧时的农村社会是相信它有一些征兆的，就像我们在乡下放牛，牛在欢喜的时候轻轻地翻身，但牛脾气发的时候，它就狂乱地翻身。于是，老辈就发展出一套地震的观点：如果是轻微的、有规律的地震就是好的预兆，这预兆可能是年景丰收，可能是圣人出世，也可能是春神萌动。如果是不规律狂暴的地震，则可能是土地不靖，或有劫难要发生等等。

当然，用这种观点来衡量地震并不准确，有时震得轻微不一定有圣人，有时震死了人，年景也仍然丰收。纵使它不像表相那样准确，我还是喜欢这种观点的，它使我们更接近了土地、接近了自然，更能用活的觉受来体会宇宙之心。

中国老百姓把地震放进心与宇宙的觉知，很有可能是受到佛教的影响，佛教的经典时常提到地震，地震在佛经里也有重要地位，我们常会读到"天女散花，大地震动，天乐鸣空"这样的句子。像《阿含经》《涅槃经》《华严经》《法华经》《大般若经》《般泥洹经》等都提到地震的因缘。

在《法华经》里，就说地震是六种瑞相之一，佛将说《法华经》的时候，地神感之，震动大地。在《华严经》里也说佛将说法，而现地动。《华严经疏》进一步说出为什么佛说法前有地震的七种原因："一为使诸魔怖。二为使众生心不散乱。三为使放逸者生觉知。四为使众生警悟，觉了微妙法相。五为使众生观佛之说法遍一切智。六为使根熟之众生得解脱。七为使随顺而问正义。"

从这个角度来看，地震有时是瑞相的呈现，但不全在佛说法时有。《般泥洹经》说地震的三种原因：

> 一者地依水，水依风，风依空，大风起时，水扰地动。
> 二者得道之沙门，及神妙之天现感应，故动。
> 三者佛成道时动。

《增一阿含经》则说地震的八因缘是：

> 一风水轮动时。
> 二菩萨处母胎时。
> 三菩萨出母胎时。
> 四菩萨成道时。
> 五佛涅槃时。
> 六比丘现神通时。
> 七诸天来佛所现梵王或帝释形时。
> 八饥馑刀兵之灾将起时。

这种说法最周延，我们想起来，不是与民间传说的地震缘起有某些相合之处吗？

地震虽是地的震动为我们所感知，但也不一定是由外而内的，修禅定的人将进入初禅时，有所谓的"八触"，第一个触觉就是"动触"，动触来时，有时难以分辨是自己震动或大地震动。

另外，密宗行者，在气脉贯通的时候，也常有感动地震的现象。当一个人进入修行的门槛之后，地水火风，四大在身体内调整时，也会有地震的觉受……这些在佛书里都有记载。可见地震不分内外，就像同样的地震，以最近的一次来说，有的人被震得吓死，那不是地震震死人，而是被自己的心性震死了。还有几位电影明星却说："真过瘾，从未遇过这么过瘾的地震！"这不是心的觉受，又是什么呢？

佛教把宇宙物质分为地、水、火、风四大，"以坚固为性，以能持为用，周遍一切之物质"，称为地大，土地固然是地，人身也是地，则互相间的感通是很自然的事。

认识了地震的因缘，可以使我们在地震时减少一些恐惧，也应该带给我们一些启示：地震应使我们知道人心也是震中的一种，我们应保持心的安宁平静，才不致惑乱周围的人。地震应使我们清明，保持觉悟与悲心，体会无常之理并悲悯不能安稳的娑婆众生。地震还应使我们敬畏自然，如果我们无视自然的力量，做过度的污染、破坏、滥垦、杀生，惊了天地、动了鬼神，则当我们为下了一盘棋快赢而自喜的时候，自然只要轻轻地动一着棋，我们就会一败涂地了。

佛教的"地论宗"把人称为"地人"，说人是唯一非依地而住不可的众生，人没有土地是不能生存的。

鸟依树而住，所以鸟应爱树；鱼依水而住，所以鱼应乐水；神仙依空为住，所以仙人应爱云；人住在土地上，应该爱惜土地，尤其地震时，要知道土地是不可欺瞒的，这是地震因缘对我们最大的启示！

常啼·常悲·常不轻

"无常"是佛教最基本的观念之一。

无常，简单地说，是世间一切的法，生灭迁流、刹那不住的意思。但无常也可以从两个角度来看，一是"刹那无常"，是指每一个刹那（刹那是最小的时间单位，又译为"一念"，一弹指有六十刹那），都有生住异灭的变化。

一是"相续无常"，是指每一个相续（一个因果次第不断绝叫作相续）都有生住异灭四种相。生住异灭也就是我们常说的成、住、坏、空。

在这种无常的观念里，我们的情感是无常，我们的成功与失败是无常，我们的思想意识是无常，乃至于我们的生命都是无常的。

正如《楞严经》上说的："沉思谛观，刹那刹那，念念之间，不得停住。故知我身，终从变灭。"——只要我们沉思仔细地观照，会发现我们念头与念头的升起和消失像电光石火一样，不能停止下来，因此我们可以推知，我的身体有一天就会变化消灭呀！

无常是非常快的，快到不可思议，所以佛经里把无常的吹袭称为"无常风"，那是因为无常的来到与消失最像风，不知所来，不知所去，去来在不经意之间就能使花散落、使火灭去。众生的生命散灭，也像风一样，不知被什么吹起，也不知散落到何方去！

《大智度论》里说："咄世间无常，如水月芭蕉。功德满三界，无常风所坏。"——这世间的无常，就像水里的月亮和芭蕉一样，即使功德能遍满欲界、色界、无色界，无常的风一吹起就败坏了。

在佛教经典里，我们到处都可以看到对无常的开示，教化我们不要贪执世界上的情爱、物质，乃至生命，因为无常一到，一切就转眼成空了。

现在每一个寺院里做晚课，都会念诵普贤菩萨的警众偈，就是：

是日已过，命亦随减；

知少水鱼，斯有何乐？

当勤精进，如救头燃。

——这一天已经过完了，命也随着少掉一天，就像鱼在日渐少水的地方，有什么快乐可言呢？赶快勤奋精进吧，我们的精进应该像在解救被燃烧的头颅一样。

无常之中，仍有常在

我们读到了佛经中所揭示的无常，使我们不免从心里生起一些恐慌和警醒，却也难免生出一些消极无奈的思想。

佛教时常被看成是消极、避世的宗教，无常的观念应该是原因之一。由于无常的紧急，如果不用非常的手段修行是难以对应的，因此古来许多大德就专注于修行，厌离世间、远离人群，在深山或海边修净行，希望能从无常里解脱出来。

我时常想，我们一天到晚心头挂记着无常的修行，虽然是真实的、有用的，但是，世间的一切是无常，什么才是常呢？天地的万事万物在现象上固然变幻无常，但穿透了现象的无常，它应该有常的存在，否则，"佛性不灭""涅槃寂静"是怎么来的呢？

无常是现象界的情况，用现代话来说，永恒不变的应该称为"本质"，也就是佛经上说的"自性""佛性"。我们的形色须发、精神血气是无常，可是我们历经轮回三世、生死流浪的自性并无生灭，而是不生不灭、不垢不净、不增不减的，是恒常的。

明白了无常之中仍有常在，会使我们对佛的教化有一个新的认识，也使我们能从消极退缩中走出来，对佛的教化有更积极庄严的体认。

佛陀曾说过一部《无常经》，也叫《三启经》，我们节录《无常经》的偈来看常与无常：

生者皆归死，容颜尽变衰；

强力病所侵，无能免斯者。

假使妙高山，劫尽皆坏散；

大海深无底，亦复皆枯竭。

大地及日月，时至皆归尽；

未曾有一事，不被无常吞。

……

是故劝诸人，谛听真实法；

共舍无常处，当行不死门。

佛法如甘露，除热得清凉；

一心应善听，能灭诸烦恼。

譬如路旁树，暂息非久停；

车马及妻儿，不久皆如是。

譬如群宿鸟，夜聚旦随飞；

死去别亲知，乖离亦如是。

唯有佛菩提，是真归仗处；

依经我略说，智者善应思。

这里面所说的"真实法""不死门""佛菩提"不都是常吗？这部经的结尾里说明了如何恒常自在安乐的偈：

恒用戒香涂莹体，常持定服以资身；

菩提妙华遍庄严，随所住处常安乐。

——我们要恒常用戒律的馨香来涂熏我们的佛性，要把禅定像衣服一样时常穿在身上来帮助我们的身心，如果智慧美妙的花朵能够开满庄严的佛土，那么不管我们居住在哪一个世界都有恒常的安乐。

佛陀指出了通向恒常安乐的道路，就应持戒、禅定，与智慧。"随所住处常安乐"是很重要的一句话，引申来说，是指修持了戒、定、慧圆满的菩萨，就是住在天人、人、畜生、地狱、饿鬼诸道救拔众生，也能感到安乐。那是因为菩萨在无常里有一些恒常的本质。

谁应当下地狱？

以世人所熟知的地藏菩萨为例，地藏菩萨发过"地狱不空，誓不成佛"的大愿，时常化身在地狱道普度众生，但是经典上说，燃烧地狱众生的痛苦的烈火，当地藏菩萨走过的时候，烈火都化成美丽的红莲花，宝华承足，步步清凉，那是多么令人动容的图像呀！

烈火红莲、地狱天堂都是现象界的事物，是无常的，地藏菩萨伟大的悲愿则是菩萨的本质，是恒常而不因现象变灭的。

菩萨有什么恒常的本质呢？

我们以四大菩萨为典范，观世音菩萨是大悲，文殊师利菩萨是大智，普贤菩萨是大行，地藏菩萨是大愿。简而言之，菩萨的本质就是悲、智、行、愿，纵使世间有成住坏空的无常变灭，菩萨悯念众生的悲心，化导众生的智慧，带领众生的力行，拔济众生的愿望是永远不会在时空里变质或消失的。

再进一步说，无常是空，菩萨的本质是不空。菩萨知道万法皆空、诸行无常，所以他能站在这个空上，灭除贪嗔痴三毒，灭除生住异灭四相。菩萨又知道佛性不灭、本质不空，所以他能站在这个不空的本质（悲智行愿）来上求佛法，下化众生。

在无常里流浪轮转的凡夫，没有一个永恒追求的理想，正如没有根的草，无常的风一吹，就飘浮在渺茫的空中、生死的大河里，找不到生命究竟的意义。

在无常中知悉佛性真有的菩萨，他从悲智行愿的大菩提心上扎根，开向上求佛法、下化众生的永恒理想，就像扎根深厚的大树，无常的风是不能动摇他的，因为他知道生命究竟的价值。

有一次，佛的弟子问佛："谁当下地狱？"

佛陀说："我当下地狱。不唯下地狱，且常住地狱。不唯常住，且常乐地狱。不唯常乐，且庄严地狱。"

下地狱是多么苦痛的事！可是佛陀不但要下地狱，还要常住在地狱，并且以住在地狱为乐，甚至使整个地狱庄严起来，使地狱众生得到拯救。我们思量这段经文，体会到佛的悲心之深刻、智慧之光明、威力之宏大、愿望之广远，能不心有戚戚吗？

所以，不要害怕无常而厌离世间、舍弃众生吧！我们虽不能像佛菩萨有那么大的愿力，然而我们既然生在人间，是我们和人间有深厚的因缘，就让我们这样说："我当在世间。不唯在世间，且常住世间。不唯常住，且常乐世间。不唯常乐，且庄严世间。"

悲众生愚迷，常在啼哭

认识了穿透无常之后的本质时，使我们能更有自信地活在世间。在佛经里就时常记载了许多"常字辈"的菩萨，这些菩萨虽然没有很高的知名度，却有助于我们认识菩萨的本质，我们下面就来说三个"常字辈菩萨"的故事，一个是常啼菩萨，一个是常悲菩萨，一个是常不轻菩萨。

常啼菩萨的故事出自《大般若经》。

很久以前有一个求道的人，名叫常啼，他很想去找名师教导修行的方法。

有一天，他走到一个叫"空闲林"的地方，突然听到空中有声音说："善男子！你应该往东方去求法，如果你能虚心刻苦，就能求到最高的智慧。"

常啼听了非常高兴，就说："谢谢您的教导，我是想去求诸佛的法门。"

可是，常啼因为高兴而忘记问空中的声音，要去什么地方求法？那个地方有多远？谁是我的师父呢？想到这里，他不禁伤心地痛哭起来，这时空中的声音又说："你如果要求般若，要成菩萨道的话，就要去离此五百由旬的众香城，向昙无竭菩萨求法，众香城是美丽的地方，昙无竭是般若智者，一定能告诉你最上的

134

佛法。"

　　常啼听了，非常欢喜，就立刻往东方出发，在半途上他想到，自己要求名师，应该带一些供养才对，但是常啼非常贫穷，几乎没有任何财物可以供养。他就想到把自己的身体卖掉，把得到的钱买东西来供养昙无竭菩萨。

　　于是，他走到一处热闹的市街，高声大喊："有没有人要买人？我的身体要卖！"他喊了半天，都没有人来问津，他就伤心地啼哭起来。

　　他的哭声被天帝释提桓因听见了，就故意化成一个婆罗门走到常啼前面，问说："善男子！你为什么形容憔悴，在这里啼哭呢？"常啼说："我的福分很薄，没有财宝供养名师，我想用卖身的钱买东西去供养昙无竭菩萨，可是，也没有人愿意买我的身体。"

　　婆罗门说："我不要人身，但我要买人心人血人体，你肯卖给我吗？"

　　常啼听了大为欢喜，就说："太好了，您要买什么我都卖您。"婆罗门说："你需要多少钱呢？"常啼说："您随便给吧！"说着，立刻拿出利刀深深刺进左臂，血流如注，又割开血肉，要破骨出髓。

　　正在这时，一位长者的女儿走过来问他说："你为了什么，要使自己受这么大的苦呢？"

　　"我想去供养昙无竭菩萨。"

　　"你这样去供养，对你有什么利益呢？"

　　"这利益是无穷的，只要求无上佛法，这点供养算什么呢？"常啼说。

　　长者女被常啼的热诚深深感动，也想去供养昙无竭菩萨，就说："你所需要的财宝，我可以给你，但是请你带我一起去问法好吗？"

常啼说："那太好了。"

于是，婆罗门恢复帝释身说："善男子！我并不是真的要人心人血，我不过是来试试你的道心，你的道心可佩，你需要什么东西我都可以给你，你说吧！"

常啼看到帝释，就说："我只想要最高的法。"

帝释说："这个是我没有的，如果是别的要求，就有办法。"

"既然没有，那请您医好我的刀伤吧！"常啼说。帝释用长袖一拂，常啼的伤立刻痊愈，帝释也不见了。

常啼和长者女一起，带了许多财宝，去供养昙无竭菩萨，求听说法，然后就在众香城住了下来。常啼在众香城住了七年，从不坐卧，每天挑水泼洒道场的四周，以防尘埃飞起，经过了种种折磨，他才听到昙无竭菩萨的说法，知道了空的道理。

常啼菩萨最后证入般若智慧，得到了永恒的生命。

除了这位常啼菩萨，在《妙法莲华经》里还有一位长啼菩萨，他是因悲泪众生的愚迷，常在啼哭，所以号"长啼菩萨"。

"常啼"与"长啼"可能是同一位，《大智度论》里说："有人言其少时喜啼故，名常啼。有人言此菩萨行大悲柔软故，见众生在恶世贫苦老病忧苦，为之悲泣，是故众人号为萨陀波伦（即"常啼"的梵音）。有人言是菩萨求佛道故，忧愁啼哭，七日七夜，是故天龙鬼神号曰常啼。"

悲智光明的菩提心灯

常悲菩萨的故事记载在《度无极经》。

话说世尊从前当菩萨的时候，有一世名叫"常悲菩萨"，那时他看到世界的污秽与混浊，违背正法走向邪道，常常忧愁悲恸，不能自已。

那个时候名为"京法无秽"的佛刚灭度不久，经典和正法都已经消失了。但是，有一天常悲菩萨梦见了京法无秽佛来向他说法，他当下就消除心里的尘垢，进入了清净的禅定。

不久，他就舍弃了妻子，到山里去修苦行，常独自恸哭地说："我生不逢辰，既没有遇到佛，又没有见到法僧，到底我要怎么修行佛道呢？"

天神知道了就下来教他，叫他应该往东行。常悲向东边走了几天，当他休息的时候有佛从上方飞来，常悲见到佛的时候，又喜又悲，于是向佛顶礼："但愿佛陀垂哀，能为我说经。"

佛就对他说："三界皆空，夫有必无，万物若幻，一生一灭，犹若水泡。"

然后佛又叫他东行，他走了两万里之后，遇见犍陀罗国的法来菩萨，教他听度无极之法，终于开悟。

另外一位"常不轻菩萨"的故事出自《法华经常不轻品》。

过去无量阿僧只劫有一尊佛，名号为"威音王如来"，到像法时期时，有一个出家的菩萨，名字叫"常不轻"。

这位菩萨只要看到人，不管是谁，他一定向前恭敬地礼拜，然后对人说："我深深地敬爱你们，不敢丝毫轻贱你们。为什么呢？因为如果你们都行菩萨道，将来都会成佛。"

常不轻菩萨平常就不专读诵经典，只是不断对众生行礼拜，甚至远远地看见了人，也一定跑过去礼拜赞叹。

众生里面也有看到他的礼拜而生出嗔恨的不净之心，也有用脏话骂他的："你这个没有智慧的比丘，是从什么地方来的？自己说不轻视我们，给我们授记，说我们将来会成佛，我们根本就不需要这种虚妄的授记。"

常不轻菩萨被骂了很多年，心里却一点也不嗔恨，仍然像以前一样热诚地对人授记。

有的人更过分，甚至拿杖木瓦石丢他，他跑到远远的地方仍然大声唱言："我不敢轻视你们，你们将来都会成佛。"

就这样一直到他快命终的时候，在空中听见威音王佛说《法华经》，得到六根清净，广而为四众说《法华经》，从前骂他打他的人，都来皈依他的座下，成为他的弟子。

读完这三个故事，让我们对菩萨的本质有更深的体会，菩萨的心大悲柔软，常为众生流泪，这是菩萨本质！

为求无上佛法，不吝惜身命，能受各种折磨，这是菩萨本质！

不轻视任何一个众生，不舍弃任何一个众生，希望众生都能成佛道，这是菩萨本质！

当一个凡夫开启了自我的菩萨本质，就比较不会被无常所迷转或败坏了，这就是我们说初发心的菩萨发的是"阿耨多罗三藐三菩提心"，而在菩萨成佛道时，证得的是"阿耨多罗三藐三菩提"（即无上的正等正觉），中间是没有什么差别的。

那么，让我们先回到我们的菩提心吧！不要因无常而手足无措、目眩神摇，因为无常的风再大，也吹不熄悲智光明的菩提心灯。

无常再迅速，也快不过一念遍满无量劫。

无常再庞大，也大不过一毛孔中三千大千世界呀！

来自妙喜国的人

投生到败坏的世界

维摩诘的智慧折服了所有佛陀的弟子，及佛陀座下的诸大菩萨、五百童子，到了最后，佛陀的弟子不免对维摩诘的来路产生了疑问。

被称为"智慧第一"的舍利弗就站出来问维摩诘："你是在哪里寂灭而投生到这个娑婆世界呢？"

维摩诘的辩才非常明利，他也善于运用辩才来启发别人的智慧，他没有直接回答舍利弗，反问道："你所得的法有没灭或生起吗？"

"没有，没有没灭或生起。"舍利弗说。

"如果诸法无没生相，为什么你问我在哪里寂灭而投生到这个世界？你是什么意思呢？就例如变幻术的人变成男人或女人，有没或生吗？"维摩诘说。

"当然无没生了。"

维摩诘进一步说："你难道没有听佛陀说过诸法如幻象吗？"

"佛陀说的正是这样。"舍利弗回答。

维摩诘接着就以教导的口气对舍利弗说："如果一切法如幻象，为什么你还问我在哪里没而投生到这里？舍利弗！所谓没，是虚妄的，它只是败坏的表相，所谓生，是虚妄的，它只是相续的表相。对真正的菩萨来说，他虽然死了，他的善根并不穷尽；他虽再生，诸恶也不会再增长。"

这时候，佛陀的弟子都默然听着，无法回答维摩诘，佛陀于是开口对弟子说："有一个佛国叫妙喜国，那里是无动佛的佛土，维摩诘就是在那里入灭，然后转生到这里来的。"

舍利弗听了，忍不住赞叹："世尊，这真是前所未闻的事，这人竟然能舍弃清净佛土，投胎到这个如此败坏的世界。"

维摩诘的辩才又起，他问舍利弗："你是什么意思呢？我问你，日光升起的时候，和黑暗是不是合在一起呢？"

"当然不是，日光出来的时候，就没有黑暗了。"舍利弗答。

"那么，日光为什么照耀这个世界呢？"

"是为了照亮世界，去除黑暗。"

维摩诘于是说："菩萨也是这样子的，虽然为了化导众生投生到这不清净的世界，但他只灭除众生的烦恼和黑暗，而不与众生的愚笨黑暗合在一起呀！"

离开众生没有个人的完成

以上这一段话出自《维摩诘经》的《见阿閦佛品》，非常有趣地点出了维摩诘与舍利弗之间的差别。

维摩诘居士，这位妙喜国投胎来的大菩萨，是佛教经典里最为突出的一位居士，他具有不可思议的辩才、智慧，与神通，他所说的《维摩诘经》，因此也被称为《不可思议解脱经》。

《维摩诘经》是大乘经典中非常重要的一部，它以大乘佛法的立场教化小乘的声闻、缘觉，希望小乘的人也能转成大乘，一起奋斗来完成普度众生的目标。这部经典的文笔典雅精致，是诗歌，是散文，也是戏剧，是上好的文学作品。

我国伟大的诗人画家王维，他一生中最喜爱的书就是《维摩诘经》，因此，他把名改成"维"，字为"摩诘"，可以知道他爱这部经的程度。

我想，每一个大乘佛教的信徒，都应该好好地读《维摩诘经》，因为大乘佛教的菩萨理念，在这里有了最清楚最优美的描绘，从维摩诘口中，我们所听到的菩萨，是浪漫主义者、理想主义者、创造主义者，乃至于完美主义者。理想的菩萨不但是众生的一分子，是宇宙的一分子，他最后的归途，是使众生全部幸福他才选择幸福，是使宇宙完全清净他才算清净。

我在二十岁的时候第一次读这部经，当时感动不已，在经上写下"离开众生没有个人的完成，离开个人没有众生的完成"。

如今十几年过去了，断断续续读这部经，感动日深，智慧日广，仿佛自己已经能贴近维摩诘那不可思议的境界了。

在这里，我用笔记的方法来阐扬这部经，希望能触及它的内部世界，至于完整的面貌，但愿读者能去阅读原典。我想，有时我们看到一片树叶，也就知道那是什么树了。

他是怎样的一个人

维摩诘是毗耶离大城里的长者，他曾经供养过无量诸佛，善本深植。他早就得到无生法忍，辩才无碍，游戏神通，能降服诸魔，他深入各种法门，并总持其中的智慧，他明了众生的心之所趣，善于分别诸根利钝，因此善以智慧度化众生，又能通达方便，大愿成就，长久以来就是修习纯正的大乘法门。

他有佛一样的威仪，有大海一样的胸襟，因此不但诸佛赞美他，连佛陀、梵天、弟子，及当地的士绅都很尊敬他。

这个维摩诘虽然是白衣居士，却能和出家人一样守清净的戒律。虽然是像一般人住在家里，却不像三界众生受到染着。虽然有妻子，却能清净修行。虽然有眷属，却乐于独处。虽穿戴宝饰，是为了使自己相好庄严。虽然也和一般人同样饮食，却能以禅定的喜悦为味。

他走到赌博看戏的地方，就去度化他们，他知道许多外道，也不毁弃正法的信念。他对世间的经典有精明的看法，也能在佛法中得到快乐，并且他能执持正法，无论老少都能摄化，他最爱供养，因此得到所有人的敬爱。

维摩诘真是个奇人，经典上说他：

> 一切治生谐偶，虽获俗利不以喜悦；游诸四衢，饶益众生；入治正法，救护一切；入讲论处，导以大乘；入诸学堂，诱开童蒙。入诸淫舍，示欲之过；入诸酒肆，能立其志。

他用无量无边的智慧方便，来使众生得到丰饶、得到利益。

作为一个居士，读《维摩诘经》很难不受感动，因为他潇洒浪漫，什么地方都可以去，而不管在什么地方都能不受染着，得到尊敬，这种修行的方式与小乘是完全不同的，也正是菩萨行比小乘行更大的挑战。

重要的是，大乘居士更注意心行，在大的原则上有所把握，形式就不是那么重要了。这就是维摩诘所说：

> 法顺空，随无相，应无作。法离好丑，法无增损，法无生灭，法无所归，法过眼耳鼻舌身心，法无高下，法常住不动，法离一切观行。

一切众生是菩提相

有一天，维摩诘生病了，国王、大臣、长者、居士、婆罗门，及诸王子、官属数千人都去探望他的病。

维摩诘对来探病的人说明了人的无常、人的脆弱、人的秽恶、人的痛苦、人的短暂，乃至人身的虚妄不实。然后，他对探病的人说，人身是可患厌的，应该以法身、佛身为乐，而不应该放逸与不善。

可是，虽然有三千人去探他的病，佛陀的弟子却没有一人去探望他，他生起一个这样的念头："我卧病在床，像世尊这么大慈悲，难道不垂悯我吗？"

他的念头被佛陀知道了，佛陀就想派座下的弟子、菩萨、童子去探维摩诘的病，弟子和菩萨们竟没有人肯去探病。

为什么呢？因为所有的人都曾受过维摩诘智慧的棒喝！

他给舍利弗的棒喝是关于禅坐的，他对舍利弗说真正的禅坐是："不于三界现身意，不起灭定而现诸威仪，不舍道法而现凡夫事，心不住内亦不住外，于诸见不动而修行三十七品，不断烦恼而入涅槃。"——这是大乘禅定与小乘宴坐之间的不同。

他给目犍连的棒喝是关于说法的，他说："当了众生根有利钝，善于知见无所挂碍，以大悲心赞于大乘，念报佛恩不断三宝，然后说法。"——大乘说法乃是不能为小根器者说大乘法，也不能为大根器者说小乘法。

他给大迦叶的棒喝是关于乞食的，因为迦叶昔日为给贫者造福报，专在贫里乞食，维摩诘说不应如此，应该平等地向豪富贫者行乞，而且不该空食别人的施舍，而应"以一食施一切——供养诸佛及众贤圣，然后可食"。

接着，他棒喝须菩提、富楼那、迦旃延、阿那律、优波离、罗睺罗、阿难，他提出的大乘菩萨见解，把佛陀的十大弟子一一折服，并且扭转了他们小乘的观念。

佛陀看自己的弟子都不堪向维摩诘探病，于是请弥勒菩萨去问疾，未料弥勒也受过维摩诘的棒喝。过去，弥勒菩萨曾在兜率天为天王眷属说多生多世不退转的修行，说如果曾受记于佛，将来经过累劫修行必将成佛，维摩诘听到了，对他说："弥勒！世尊授仁者记，一生当得阿耨多罗三藐三菩提，为用何生得受记乎？过去耶？未来耶？现在耶？若过去生，过去生已灭！若未来生，未来生未至！若现在生，现在生无住！"然后他劝弥勒不要以受记与否来诱使天子发菩提心，而应该平等地舍掉分别菩提的成见。因为"菩提者，不可以身得，不可以心得"。

——维摩诘提出的重要观点，是一切众生是菩提相，一切众生、一切法、一切圣贤都是不二如一的。

弥勒不堪去问维摩诘的病，佛陀就请光严童子去，没想到光严童子过去也受过维摩诘的棒喝。

有一次光严童子走出毗耶离大城，在城门附近遇见了维摩诘，光严于是问维摩诘说："居士从何而来？"

"我从道场来。"维摩诘答说。

光严童子心里很纳闷，因为道场在城内，维摩诘明明从城外进来，难道城外还有一个道场，于是问："你说的道场，是哪一个道场？"

维摩诘以诗歌一般优美的语言说：

直心是道场，无虚假故。

发行是道场，能办事故。

深心是道场，增益功德故。

菩提心是道场，无错谬故。

布施是道场，不望报故。

持戒是道场，得愿具故。

忍辱是道场，于诸众生心无碍故。

精进是道场，不懈怠故。

禅定是道场，心调柔故。

智慧是道场，现见诸法故。

慈是道场，等众生故；悲是道场，忍疲苦故；喜是
道场，悦乐法故；舍是道场，憎爱断故。……一念知一
切法是道场，成就一切智故。如是，善男子！菩萨若应
诸波罗蜜教化众生，诸有所作，举足下足当知皆从道场
来，住于佛法矣！

——维摩诘阐明了心的道场才是真正的道场，这也正是佛教
"心内求法是正法，心外求法是外道"的理念基础。

佛陀看光严童子不堪去问疾，又请持世菩萨与善德长者子去
探病，他们也同样受过维摩诘的棒喝。我在这里不加引述，但他
为善德说法后，善德把身上珍贵的璎珞解下供养维摩诘，维摩诘
把璎珞分成两份，一份布施给法会里最卑下的乞丐，一份则供奉
难胜如来佛，然后他说了一段令人深受感动的话："若施主等心施
一最下乞人，犹如如来福田之相，无所分别，等于大悲，不求果
报，是则名曰具足法施。"

众生病则菩萨病

由于维摩诘的"深达实相，善说法要，辩才无滞，智慧无碍，一切菩萨法式悉知，诸佛秘藏无不得入，降伏众魔，游戏神通"，佛陀座下的诸菩萨都觉得他"难为酬对"，都不肯去探他的病。

最后，佛陀只好叫文殊师利菩萨去向维摩诘探病，文殊乃是智慧最胜的菩萨，如果连他也不能去，就无人可去了，文殊菩萨慨然承佛之意，答应去看维摩诘。于是，在场的菩萨、弟子、天王等等都想，这两位当世最有智慧的人对谈，必有妙法，就全跟随文殊菩萨，浩浩荡荡地往维摩诘的家里来。

文殊与维摩诘互相打过招呼，文殊说："居士的病还可以忍受吗？好一点了吗？世尊殷勤，向您问安。居士的病是什么原因生起的？生了多久了？要如何消灭呢？"

维摩诘说了一段非常动人的话，这段话后来成为大乘菩萨的教本，他说：

"从痴有爱，则我病生；以一切众生病，是故我病；若一切众生得不病者，则我病灭。所以者何？菩萨为众生故入生死，有生死则有病；若众生得离病者，则菩萨无复病，譬如长者唯有一子，其子得病父母亦病，若子病愈父母亦愈。菩萨如是，于诸众生爱之若子，众生病则菩萨病，众生病愈菩萨亦愈。又言是疾何所因起？菩萨疾者，以大悲起。"

文殊菩萨又问了几个关于疾病的问题，例如："居士的病，是何等相？""菩萨应该如何安慰生病的菩萨？""生病的菩萨应该怎么样调伏心性？"

维摩诘都有非常精辟生动的回答，但他所说明的无非是菩萨与众生的关系，关于病相，他说："我病无形不可见。""众生病从四大起，以其有病，是故我病。"关于如何安慰有病菩萨，他说："说身无常，不说厌离于身；说身有苦，不说染于涅槃；说身无我，而说教导众生；说身空寂，不说毕竟寂灭；说悔先罪，而不说入于过去。……"关于调伏其心，他说："设身有苦，念恶趣众生起大悲心，我既调伏，亦当调伏一切众生，但除其病，而不除法，为断病本而教导之。"

在维摩诘的心中，菩萨不是一个独立的个体，不是一个高高在上的个体，也不是一个与众不同的个体，菩萨是在众生里面，一个有血有肉的人，任何忘记了众生，只求自己得益的，就不够格称为菩萨。后来他进一步说明"悲"的意思，就给"悲"下了这样的注解："菩萨所作功德，皆与一切众生共之。"

正在文殊师利与维摩诘辩经的时候，有一位天女就在菩萨与大弟子的身上散花，花散在菩萨身上立即落下，可是落在弟子身上就粘在身上，一切弟子用神通力想使花落下，花却不落下。

天女就问舍利弗："何故去华？"

舍利弗："此华不如法，是以去之。"

天女给舍利弗上了非常美丽的一课："勿谓此华为不如法，所以者何？是华无所分别，仁者自生分别想耳。若于佛法出家，有所分别为不如法，无所分别则如法。观诸菩萨华不着者，已断一切分别想故。譬如人畏时，非人得其便；如是弟子畏生死故，色声香味触得其便也，已离畏者，一切五欲无能为也。结习未尽，华着身耳；结习尽者，华不着也。"

用花来象征五欲，真是美丽的象征，对菩萨来说，逢到什么事都不能染其心，因为他的心没有分别，平等一如，所以不被外境所转。

一切烦恼为如来种

在《维摩诘经》里，文殊菩萨也说了许多深刻动人而有智慧的话，例如在《佛道品》里，维摩诘就问文殊："什么是如来的种子？"文殊的回答非常之美，与天女散花前后呼应，成为后来影响中国人对莲花爱好的基本观念，也影响了后来的中国文学。

文殊菩萨说：

"有身为种。无明、有爱为种。贪、恚、痴为种。四颠倒为种。五盖为种。六入为种。七识处为种。八邪法为种。九恼处为种。十不善道为种。以要言之，六十二见及一切烦恼，皆是佛种。"

他进一步说："……譬如高原陆地不生莲华，卑湿淤泥乃生此华……又如植种于空，终不得生，粪壤之地乃能滋茂……是故当知，一切烦恼为如来种，譬如不下巨海，不能得无价宝珠，如果不入烦恼大海，则不能得一切智宝。"

这是多么让人动容呀！修小乘的人一直都想厌离这个世间，要断灭烦恼，可是大乘行者是踩在最坏的土地上，还能开出美丽的花，而且环境越坏，他开出的花就越美丽，对一位永远站在干净高地俯视人间之苦的人，他就永远不能开出一朵花来！

但是，处在污泥的人不应该随污泥而败坏、腐烂，因为种子虽在污泥之中，种性却不受染，反而在污泥里吸取菩提的养分，这才是真种子。

维摩诘与文殊还有一段精妙对话，是在本经的"入不二法门品"，维摩诘对众菩萨说："各位仁者，请问什么是菩萨入的不二法门？"

菩萨们在维摩诘的请问下，一一依次说出心中修行的不二法门，每一位菩萨所说都是精彩非凡，最后轮到文殊，文殊说："如我意者，于一切法无言、无说、无示、无识，离诸问答，是为入不二法门。"

说完后，文殊问维摩诘："我等各自说已，仁者当说，何等是菩萨入不二法门？"

在场的菩萨全部屏息等待维摩诘的答案，等了许久，维摩诘默然无言，文殊师利忍不住赞叹道："善哉！善哉！乃至无有文字、语言，是真入不二法门。"

原来，文殊与维摩诘的对话，前面算是平分秋色，到这里，维摩诘的一阵沉默，才使文殊自叹不如，承认维摩诘的道行比他更高。维摩诘这戏剧性的"一默"，在佛教经典中非常有名，有的法师说："维摩诘的一默，有如响雷。"而这部经到这里也发展到了峰顶。

众香国的一碗饭

维摩诘看看时间，发现吃饭的时刻到了，就请在座的菩萨、弟子们稍候，说要请他们吃饭。

他告诉菩萨、弟子们在非常非常遥远的地方，有一个国土叫众香国，有香积佛在那里说法，那里只有修大乘的清净菩萨众，从来没有小乘的名字。那里的一切都是以香作楼阁，花园土地都是香的，那里的饭最香，香气可以周流十方无量世界。

维摩诘于是变现一个化身菩萨，即时升过四十二恒河沙佛土，向香积佛说明来意，香积如来就用众香钵盛满一碗香饭，赐给化身菩萨，当时在场的众香国九百万菩萨都为了看娑婆世界的情形而随化身菩萨前来。

化身菩萨把饭端回来的时候，饭香弥漫了整个毗耶离城，甚至遍满三千大千世界，维摩诘就对大家说："这是香积如来的甘露味饭，是由大悲心所熏，大家可以尽量地吃。"

里面有修小乘的人就想：这么多人要吃，怎么只有一碗饭？

化身菩萨知道了就说："勿以声闻小德、小智，称量如来无量福慧，四海有竭，此饭无尽。"于是，单这一碗饭就使众人吃饱还没有吃完，而且吃过这饭的不论菩萨、声闻、天、人都身安快乐，毛孔都出妙香。

众香国来的菩萨看到娑婆世界的情景，不禁心有戚戚焉，对娑婆的苦恼而感慨，对来投生娑婆世界菩萨的大悲而感慨。

但是，维摩诘告诉他们，在这么败坏的世界里，菩萨一世的利益众生，他的修行就胜过在清净庄严佛土百千劫的修行，原因很简单，因为这个娑婆世界有十善法是其他净土没有的，十善法是什么呢？他说：

以布施摄贫穷。以净戒摄毁禁。

以忍辱摄嗔恚。以精进摄懈怠。

以禅定摄乱意。以智慧摄愚痴。

说除难法度八难者。以大乘法度乐小乘者。

以诸善根济无德者。常以四摄成就众生者。

（四摄是布施、爱语、利行、同事。）

在这里，维摩诘肯定了苦难世界的正面意义，众香国当然是清净的菩萨净土，娑婆世界不能与之相比，但娑婆有奥妙殊胜的地方，因为它对菩萨是真正的大考验，所以维摩诘认为在娑婆修行的菩萨才是最可珍惜的。

这也正是佛陀后来对阿难所说的："菩萨入此门者，若见一切净好佛土，不以为喜，不贪不高；若见一切不净佛土，不以为忧，不碍不没。"

所有处在这世界开始觉悟的人，都必然会感受到这世界的苦，然而如果在苦中还能锻炼自我、成就众生，苦又有何可畏呢？

理想的居士典型——维摩诘

《维摩诘经》的故事到这里就算结束了，确实是一部优美、动人、有力量的经典。

写到这里，我想到维摩诘说的两段话，说不定可以用来说明这部经，他对大迦叶说："十方无量阿僧只劫（一个无限长的时间）

世界中作魔王者，多是住不可思议解脱菩萨，以方便力故，教化众生，现作魔王。"

另一段是文殊问他："菩萨如何通达佛道？"他说："若菩萨行于非道，是为通达佛道。"

说明了菩萨所走的是曲折的道路，他有时甚至发愿走非道，乃至化身魔王，为的是经过这种大的考验，使他更能体验佛道的真实。菩萨不畏惧表面的邪曲、非道、垢行或魔行，只因在他的内心是以众生的完成当作伟大的目标，只要众生成就，他的外表是在所不计的。

《维摩诘经》与别的佛经不同，它有很强烈的人间性，维摩诘虽是一个居士，在这部经里他是完美的居士，他是一种理想的典型。所以，维摩诘是一切经典中最伟大、令人难忘的居士。

我自己最喜爱这部经的理由，是它的气派恢宏、堂堂正正、充满信念、无拘无束的气息。我们末法时代的人，很少能读到这样有气势的作品，让人觉得自己壮大、有智慧、能为众生活着、能走很长远的道路。

敬礼马尔巴上师

密宗白教的大宗师密勒日巴，修持独步古今，在西藏被称为是除了释迦牟尼佛之外的第一人。

这个伟大的佛教圣者，一生的经历犹如海啸波涛，动人心魄。他出生于公元一〇五二年，七岁时就死了父亲，他的亲戚们夺走了他们全部的田园与家产，使他的母亲、幼妹和他受尽了人间最悲苦的磨难，他的妹妹最后甚至成为流浪街头的乞丐。

密勒日巴长大后为了复仇，到远方去向当时最伟大的咒师学诛法咒术，后来他用这些咒术杀死了许多敌人和亲戚，甚至以降雹的咒术，鼓起暴风和冰雹，摧毁了家乡的收成，所屠杀的生灵不可计算。

很快的，密勒日巴开始从咒术觉醒，对自己做的罪业感到忏悔，他发愿要修习正法来寻求人生的解脱。他先拜红教一位叫雍登的喇嘛修习"大圆满法"，可是因缘不能契合，他竟毫无觉受。于是在雍登上师的推荐下，去参访噶居派的大译师马尔巴为上师。

马尔巴在还没有见到密勒日巴之前，就知道他将成为西藏最伟大的佛法导师，为了考验他，马尔巴给他许多非人的待遇，不断给密勒日巴无理的虐待与屈辱。最有名的一段是命令他一个人到山上盖房子，盖好了就拆，拆好了又盖，不知道总共盖了多少栋房子，到最后连马尔巴的妻子都看不过去，偷偷拿钱叫密勒日巴逃走。

密勒日巴逃走了，又回到师父的身边，继续坚忍的苦行，那时马尔巴的用意是，要透过严格的锻炼，来清净密勒日巴的业障，坚强他的身心与意志，将来才会成大器。最后，马尔巴将无上密法的全部灌顶与口诀都传授给密勒日巴，马尔巴并特别做了一个祈愿，愿密勒日巴将来的成就超过自己。

密勒日巴果然不负师恩，他离开师父，一个人在山洞里连续打坐十一个月，得到菩提道的初步证悟。然后他在定中看见家园的情景，知道母亲已死，白骨无人埋葬，妹妹则沦为乞丐，于是回家超度母亲，找到了妹妹，对于苦难的人间生出最坚决的出离的决心。

他发下一个重大誓言，要到人迹鲜至的山洞修行，不到彻底证悟，绝不下山，于是独自一人在白崖马齿窟中，连续禅修十二年，除了食用野生的荨麻维生，别无食物，衣服也都裂成碎片。因为长年吃荨麻的缘故，他全身都变成绿色，有一次被猎人看见，还以为是一个鬼。

这样断除一切人间的纠葛，不断努力修行，终于使他证得大道，到了晚年，全西藏的人都尊称他为"密勒日巴尊者"，他在一一五三年圆寂，总共活了一百〇一岁。一直到今天，无论西藏的任何教派，都一致公认密勒日巴是史上无可争议的圣者、上师和诗人。

枕在母亲的骨头上

最近，重读了张澄基先生翻译的《密勒日巴大师全集》，仍像第一次读时动人心魄，但感受有一点不同。密勒日巴的生平，即使不是修行的人读来，也必然会热泪盈眶，前面的一段是我摘出来的生平简介，其实，在他的传记部分，令人动容落泪的地方很多。

例如，他在深山修行时，妹妹去探望他，发现他的生活竟比乞丐还要可怜，正巧她来见哥哥时经过一个叫布林的地方，见到大译师巴日在开法会，法座上的垫子有几层高，头上有堂皇的大伞遮住太阳，五色绸缎向四方飘荡，小喇嘛徒弟大吹法螺，饮酒喝茶，热闹成一团。

他的妹妹琵达就对他说："哥哥！你所修的这个法是一个教人口无吃身无穿的法，实在可耻，使得我无颜见人。别的不说，你的下身都没有一点东西遮住，多难看呀！现在请你拿这毛巾作个围裙吧！""你看看别的学佛的人！看看巴日大译师那位老人家。下面坐的是几层厚的垫子，上面张的是大宝伞盖，身上穿的是绫罗绸缎，又喝茶，又饮酒；他的学徒和弟子口吹法螺。集会的大众围绕着他，献上的供养不计其数。这样才对大众和亲戚朋友都有利益，大家自能心满意足。所以我看他是修法人当中最好的修法者。你看看有没有办法在他手下做个学徒，就是做一个最小的喇嘛，也可以过得舒舒服服的，否则，哥哥啊！你这个法和我这个命啊！我们兄妹二人怕活不长哟！"说着悲痛地流下泪来。

密勒日巴回答她说："你以为我没有吃的，没有穿的，那样勤苦修行，是因为我找不到吃的，找不到穿的缘故，那就错了。我所以那样苦修的缘故，一来是因为我怕三恶道的痛苦。二来是因为我看轮回就像投活人入火坑一样的可怕。俗世的散乱纷杂，世人的争名夺利，一切世间八法，对于我就像病人呕吐出来的臭食一样可憎厌而令我恶心。我一见这些，就像看见被杀死的亲生父母的血肉一样，心中说不出的难过。三来是因为马尔巴上师对我的训示是：舍弃世间八法和散乱，不顾衣食与别人的议论，要住在无人的深山中，弃绝今生的希望和念头，专心精进修行。所以我之想要勤苦修行，也是为了遵守上师教训的缘故。"

例如，密勒日巴口述他回乡探视母亲的一段，也是极其动人，他说：

"走到近门处，看见一个似乎是土和破烂衣服裹在一起的大土堆，上面长满了野草。我用手拨开土堆，发现里面有一大堆人骨头。起先心里感到一阵迷惘，忽然想起，这是母亲的尸骨！悲哀扼住了我的喉管，心中一阵剧痛，竟昏倒在地上。一会儿醒来，立即想起了上师的口诀，就观想把母亲的神识和自己的与口传上师的智慧心融合在一起。我将头枕在母亲的骨头上，身、口、意连一刹那都不散乱地印入大手印三昧。如是经过七昼夜，亲眼见到父亲和母亲都脱离了苦趣，超升到净土中去了。

"七天以后，我从三昧定起。仔细思量，所有轮回一切法都毫无实义，世间的一切，实在一点意思都没有。我想就把母亲的骨头作一个佛像，把《正法宝积经》供养在佛像的前面。自己则决心到护马白崖窟去，不分昼夜地拼命修行；如果心不坚持，为世间八风所动，宁愿自杀也不愿为其所诱惑。如果心中起了丝毫求安逸快乐的心，愿空行护法断取我的生命。这样屡次地对自己发誓，下了决心。"

密勒日巴与六祖慧能

《密勒日巴尊者传》里，类似这样动人的片段，俯拾皆是，尤其是他所作的诗偈优美无比，都是修道的心法流露，是从光明的法身心地中任运流淌出来的心声，更值得一再读诵。

张澄基先生曾把密勒日巴尊者在密宗的地位，与禅宗的六祖慧能相比。一是他们都是朴实、坚苦的实践者，带着浓厚的人情味。二是他们说法平直，易为一般众生所吸收。三是他们都是伟大的导师，传承弟子中有许多得到殊胜成就。四是他们都痛快地表示自己是薄地的凡夫，因刻苦修行而成就，不是什么佛与菩萨的化身示现。

所以，我们读《六祖坛经》和《密勒日巴尊者传》，都像读着动人心弦可歌可泣的史诗，使我们因高山景行而生出无上的悟道之心。刚刚我们说到传承，一般修行佛教的人，认为密宗才有严格的传承，其实不然，六祖慧能也仍然传承了五祖弘忍的伟大教化，否则就不能成为一代宗师，只是禅宗不谈报身、化身，认为要直趋法身，因此对传承很少谈起。

密宗却是不同，密宗的皈依有内皈依、密皈依、密密皈依三种。

内皈依是除了皈依佛法僧，还要皈依上师、本尊、空行（护法）。

密皈依是自身气、脉、明点，在受大灌顶之后，先修生起次第，再修圆满次第。

密密皈依则是皈依自性的法、报、化三身。

所以在密宗，除了佛菩萨亲自指导和灌顶的祖师，必须上师的加持与回应，才算有圆满成就。上师与弟子的因缘就变得十分重要，许多密宗的上师都发愿，希望弟子的修行能胜过自己，像马尔巴对密勒日巴的祈愿就是。其实禅宗也是如此，百丈禅师就曾经对他的弟子黄檗禅师说过："见与师齐，减师半德，见过于师，方堪传授。"

读《密勒日巴尊者传》，最感动我的就是他与老师马巴尔之间的因缘，他把身、口、意全部供养给上师，从修法的第一天起一直到圆寂的刹那，都是念念不忘师恩。

密勒日巴生前说过十万首诗偈，绝大部分的开头都是"敬礼马尔巴译师前""敬礼具相马尔巴师""敬礼恩师马尔巴前""大悲慈父马尔巴""敬礼大恩马尔巴师""敬礼大恩父马尔巴尊师""敬礼胜士马尔巴足""敬礼传承诸上师"……使我们真切地体会了密勒日巴如何感念他的师父。

当我们读到密勒日巴在洞中修定，点了一盏酥油灯在头顶上，灯不点完，身体不动，也不下座，这样过了十一个月，坐垫永远保持温热，深深体会到他的成就是自己奋力修行得来的，但如果没有马尔巴的教导与加持，密勒日巴的成就也不会那样快速。

因此，每次我读到"敬礼马尔巴上师"时，都感觉像朝阳露出第一线曙光，有如阳光普照、彩虹示现，令人感动不已，而想起自己上师的恩情。

帝洛巴与那洛巴

我们再来看一段白教祖师帝洛巴和那洛巴的故事。那洛巴就是马尔巴的上师，也是密勒日巴的传承师祖。

那洛巴是印度的一位王子，年轻时就有很高的修持，曾被任命为那澜陀佛教大学的副校长。有一天，他在讲经的时候，金刚亥母化成一位穿着破烂的老太婆来到他的前面。

老太婆问他是否了解自己所说的佛经？他说他了解每个字的意义，老太婆就欢喜地跳起舞来。

那洛巴心想，我只说了解字面的意义，老太婆就欢喜地跳起舞来，如果说我也了解经文中的意义，她一定会更欢喜！于是他就向老太婆说："我也懂得经文中的意义。"

不料这么一说，老太婆就披发掩面地大哭起来。这使那洛巴十分不解，问她为什么这样伤心？那金刚亥母化成的老太婆就说："你说你懂佛经中每一个字的意义，我觉得你对了，因而高兴。但你说你懂佛经的真实义，那就不对了，所以我伤心！现在懂得佛法真实义的，只有我的兄弟帝洛巴一个人！"

当时那洛巴首次听到帝洛巴的名字，就产生无比的敬仰心，决心向他求教。

那洛巴四处寻访帝洛巴，终于打听到帝洛巴在某一座庙里，他立即赶到那座庙，在厨房里见到了帝洛巴大师。当他看到帝洛巴瘦弱的身形，身上穿着围裙作业，完全不像一位有修为的高僧的样子，他大感失望，甚至没有上前问讯，就转身离开了。

后来又有一次机缘，那洛巴在河边看见帝洛巴，见他抓起一条活鱼放进嘴里一口咬死了，那洛巴看到这种无故杀生的行为，心中更觉反感。

他的心念被帝洛巴知道了，忽然开口问他："你知道什么是生？什么是死？"说着把那条咬死的鱼丢入水中，鱼竟活活泼泼地游去。然后帝洛巴说："死就是生，生就是死。"那洛巴耳闻亲见了这一切，即时有了领悟，他便要向帝洛巴拜师求法。帝洛巴竟一言不发，不顾而去。

帝洛巴在前面走，那洛巴跟在后面，一直走到一个市街上的一座三楼顶上，那洛巴跪在帝洛巴面前，虔诚地求他收为弟子。

"你是真有诚意吗？"帝洛巴命令道，"那么，你从这楼顶上跳下去！"

那洛巴立即站起来，义无反顾地跳下楼去，跌落在街心，全身的骨头都像碎了一样。

帝洛巴走下来问他："疼吗？"

那洛巴说："很疼！"

帝洛巴扶他起来，只念"嗡嘛呢叭咪吽"，那洛巴便全身复原了，后来，那洛巴经过十二次艰苦的考验而成为大成就者。

一切佛菩萨的具体呈现

在密宗里，像帝洛巴与那洛巴这样动人的师徒故事不胜枚举，最主要的是标示了一种重要的观念，上师就是法的代表，是本尊的象征，是一切佛菩萨的具体呈现。

我们礼师、求法、修行佛道，是不是也有那洛巴那种义无反顾的精神呢？

虚云和尚年谱

对于佛教禅宗的研究，从古以来没有衰微过，但大部分的研究都指向古代，而且有把禅宗的祖师们神化的倾向。使禅师神化，并认为古代才有高僧，对于禅学研究可能会产生一些偏失。因为，即使在民国以后，中国也有极富人味的高僧，像虚云和尚、来果禅师、月溪法师、慈航法师，甚至不久前才圆寂的广钦老和尚，现在犹当壮年的圣严法师，都是人格风范、苦修实证，令人十分仰佩的。

其中尤以虚云和尚对于清末民初禅宗的重振与发扬，地位最为重要。

虚云和尚生于道光二十年（公元一八四〇年），圆寂于一九五九年，世寿活了一百二十岁，出家岁月一百零一岁（他在十九岁出家）。

虚云和尚生前所遭遇的苦难极多，但由于他对佛教的信心，及自己深奥的禅定，都能感天动地，转危为安，在《虚云和尚年谱》里有详细的记载，可以说是历来对虚云和尚最完备，乃至对高僧最完备记传的一本书。这本书由追随虚云数十年的在家弟子岑学吕从他生前开始随记，一直到圆寂后才完成，史实成分相当可靠。

就以四大高僧为例，弘一大师有《弘一大师年谱》，太虚大师有《太虚大师年谱》，印光大师有《印光法师年谱》，但都没有这一本年谱来得动人心魄、感人至深。这是由于后面的几种年谱很少涉及到真正修持的经验与开示，也没有虚云的生平那么风涛变幻、恢宏活泼。

当我们看到他修习禅定，时常一定就是十天半月，能不兴起追随之心？当我们读到他为了救拔母亲，从普陀法华庵起香，三步一拜，拜到五台山为时三年，几度昏死，能不为之感动落泪？当我们看到他沦入敌手，打落牙齿和血吞，满口冰雪在心头的气概，能不生起浩然之心？

他的一生是一则近代禅宗最美丽的传奇，肩挑天下众生、荷担如来家业，用他的情怀与人格来证明：即使在最苦难败坏的年代，禅宗的修行仍然是有希望的。

我读《虚云和尚年谱》，曾数度掩卷落泪，它感人的不是文笔，而是一个不折不扣大丈夫的生命。

近年，对禅学的兴趣与修行又逐渐蓬勃，我认为初学的人与其从语录公案入手，还不如先读《虚云和尚年谱》，而对禅定有心得的人，来读这本年谱，有如鱼游大水，更能得其所哉！

心的恒河

　　佛陀对弟子阿难及大众开演了自性的认识，大家都因而开悟了自己的本心，就像很久以来失去乳育的婴儿，突然遇见了慈爱的母亲。

　　但这时，在座的波斯匿王仍然不能明白佛陀所说的道理，他站起来对佛陀说：

　　"我昔未承诸佛诲敕，见迦旃延毗罗胝子，咸言此身死后断灭，名为涅槃。我虽值佛，今犹狐疑。云何发挥证知此生，不生灭地？今此大众，诸有漏者，咸皆愿闻。"（我从前没有受过诸佛的教诲，只见过修外道的迦旃延、毗罗胝等人，他们都说这个身体死后就灭亡断绝了，这样就叫作涅槃。我现在听见了佛的说法，感觉非常疑惑。到底要如何才能证明我们的心性，确实是不生不灭的？我想在这里集会的初学的人，也一定希望知道这个道理，可不可以请世尊再说明白一点？）

　　佛陀就对波斯匿王说："汝身现在，今复问汝，汝此肉身，为同金刚常住不朽，为复变坏？"（你的身体现在是这个样子，我问你，你的这个身体，是会像金刚一样永远住在世间而不朽呢，还是会变坏呢？）

"世尊！我今此身，终从变灭。"（世尊呀！我的身体最后一定会变坏消灭的。）波斯匿王说。

佛陀又对大王说："汝未曾灭，云何知灭？"（你没有变坏消灭过，怎么知道一定会变坏消灭呢？）

"世尊！我此无常变坏之身虽未曾灭，我观现前，念念迁谢，新新不住，如火成灰，渐渐消殒。殒亡不息，决知此身，当从灭尽。"（世尊呀！我这个无常变坏的身体虽然还没有消灭，但是我自己观察现在和从前，时时刻刻都在凋谢变迁，新的不能留住立刻有新的生起，永远不能停止，就像火变成灰，渐渐地消失陨灭，我知道消失陨灭是不息的，所以我敢确定这个身体，将来必然衰败灭尽。）

每一个刹那都在变灭

佛陀说："如是，大王！汝今生龄，已从衰老，颜貌何如童子之时？"（正如你所说的，大王，你现在年龄大了，人也衰老了，你的容貌和幼年时代相比又怎么样呢？）

"世尊！我昔孩孺，肤腠润泽。年至长成，血气充满。而今颓龄，近于衰耄形色枯悴，精神昏昧，发白面皱，逮将不久，如何见比充盛之时？"（世尊！我童年的时候，皮肤肌肉都很细润光滑，长大成人以后，血气充满。现在我的年纪大了，由于衰老的关系，形色干枯憔悴，精神昏沉愚昧，头发白了，脸皮皱了，恐怕很快就会死了，怎么可以和年轻时代相比呢？）

佛陀对大王说："汝之形容，应不顿朽。"（你的容貌身体，应该不是一下子就衰败朽坏的吧？）

波斯匿王说："世尊！变化密移，我诚不觉寒暑迁流，渐至于此，何以故？我年二十，虽号年少，颜貌已老初十岁时。三十之年，又衰二十。于今六十，又过于二，观五十时，宛然强壮。世尊！我见密移，虽此殂落，其间流易，且限十年，若复令我微细思惟，其变宁唯一纪二纪，实为年变。岂唯年变？亦兼月化！何直月化？兼又日迁！沉思谛观，刹那刹那，念念之间，不得停住，故知我身，终从变灭！"（世尊呀！身体的变化是在暗中推移，我实在不觉得寒暑和时间的变迁交流，不知不觉就变成现在的样子。为什么会这样呢？我在二十岁的时候虽然说是少年，容貌已经比十岁时衰老。三十岁时，又比二十岁衰老得多了。到现在六十二岁，回忆起五十岁的时候，也比现在强壮得多。世尊呀！我看时间的暗中推移使人衰老，其中的变化，不是十年二十年的变化，而是一年一年的变化。也可以说不是一年一年变化，而是每月每日每分每秒，刹那刹那，短到一个念头与另一个念头之间，不曾停止的变化，所以我断定我的身体，将来一定会变坏而至于消失。）

看着恒河的是同一个你

佛陀接着问波斯匿王说："汝见变化，迁改不停，悟知汝灭，亦于灭时，汝知身中有不灭耶？"（你看到身体的变化迁改从不停止，而悟到你有一天一定会衰败灭亡，但在变灭的过程里，你可知道身体里有一个不灭的东西存在吗？）

波斯匿王合掌对佛陀说："我实不知。"

佛陀就开示他："我今示汝不生灭性。大王，汝年几时，见恒河水？"（我现在指示你这个不生不灭的自性，大王！你几岁的时候，第一次见到恒河的水？）

波斯匿王说："我生三岁，慈母携我，谒耆婆天，经过此流，尔时即知是恒河水。"（我三岁的时候，母亲带我去祭拜天神，经过恒河，那时就知道是恒河。）

佛陀又对大王说："如汝所说，二十之时，衰于十岁，乃至六十，日月岁时，念念迁变，则汝三岁见此河时，至年十三，其水云何？"（如你刚刚说的，二十岁时老于十岁，一直到六十岁，日月岁时每一刹那都在迁移变化，那么你三岁时看见的恒河，到你十三岁时来看，它的水又怎么样了呢？）

王说："如三岁时，宛然无异，乃至于今，年六十二，亦无有异。"（河水还和我三岁时所看见的，一点也没有不同，一直到现在六十二岁了，也没有不同呀！）

佛陀说："汝今自伤发白面皱，其面必定皱于童年，则汝今时，观此恒河，与昔时，观河之见，有童耄不？"（你现在因为

169

头发白了、脸皮皱了，自伤老大，你的脸必然比童年的时候还皱，等于换过一个身体，但是你看着恒河的还是同一个你，那个看着河的自性的你，和童年可有不同吗？）

王说："不也，世尊。"

最后佛陀下了这样的结论："汝面虽皱，而此见精，性未曾皱。皱者为变，不皱非变，变者受灭，彼不变者，元无生灭。云何于中受汝生死，而犹引彼末伽黎等，都言此身死后全灭。"（你的脸虽然皱了，但是那个可以看见东西的精神的你，也就是可以确知是你的自性，它从来没有比从前皱，会皱会变化的就会因迁化而灭亡，不皱不变的自然就不会迁化与灭亡，是原来就没有生灭的自性，你何以引用断灭的观念，相信此身死后就一切完全消灭了呢？）

王闻是言，信知身后舍生趣生，与诸大众，踊跃欢喜，得未曾有。（波斯匿王听了这段话，深信身体消灭以后，舍掉一个生命还会投到另一个生命里，因此和参加盛会的大众，非常踊跃欢喜，从来没有过的那样的欢喜。）

每每七年就是一次轮回

这一段经典出自《楞严经》，我加了标点，并译成白话。

为什么要花这么多篇幅来介绍这一段经文呢？那是因为有许多人对我问起自性的问题，并对自性存在与否充满了疑惑。是呀！每一部佛教经典都告诉我们，人除了身体、意识、思想之外，还有一个不生不灭、不垢不净、不增不减的自性，它到底在哪里？我们可不可以体会得到？

这个问题非常重要，因为佛教的整个体系都站在自性不灭的基础，因为自性不灭才有了轮回的观念，才有了因果业报的观念，也才有往生净土的观念。当然，要像古来的禅师一样见性不是人人可以做到的，但是不因为我们没有见性，就说我们没有一个常住不变的自性。

我们每一个人都能回想，从幼小的时候到现在，其实我们的身体、意识、思想都已经改变，甚至没有一个细胞和从前一样。我们即使看见从前的自己，也认不出是同一个人，这就是为什么有时候我们看自己童年的照片，几乎难以辨认，仿佛隔世了。

依照近代科学家的研究，人的细胞每七年更新一次，亦即是每经过七年，一个人身上没有一个细胞和从前相同，如果身体的舍弃与再投生就是一个轮回，那么轮回不必等到死后，我们每一个七年就是一次轮回了。

这些观念，我们从《楞严经》的这一段经文，可以清楚认知到，自性是存在的，否则我们怎么知道看河的是同一个自己呢？既然"从前的我"已不存在，我是从何知道那从前的我也是我呢？再把时空拉长一些，未来的我仍然是我，我死了，那个能自知是我的自性会不会消失呢？从过去的推理就能知道，我的自性并不会消失。

看见内在自性的生命

我们每个人都有看河的经验，尤其是在故乡的河，我们每一次回乡看见故乡的河，感触都非常不同，其实身体的变化更大，但看河的我的自性是没有改变的。从这个角度来思考，不只是外面有恒河，我们的自性就有一条心的恒河，永远不在时空中变灭。

自性不会因外在的变化而消失。

在禅宗的公案里，都是在谈自性不变不失的见解和体证。我们现在就来看一个代表性的公案。

有一个和尚来问智门禅师："莲花未出水时如何？"

智门禅师说："莲花。"

和尚又问："出水后如何？"

智门禅师说："荷叶。"

这真是奇怪的事，莲花没有出水时是莲花，出水以后怎么反倒成为荷叶呢？那是因为莲花或荷叶只是一株莲花的表相而已，如果我们不能彻透表相看到内在自性的生命，就对自性难以理解。一般人看见莲花荷叶是不同的，可是禅师看见的莲花荷叶并没有分别，那是因为他从自性的内在生命看到了莲的本质。

到这里，我们是不是能深刻相信，人人有一不生不灭的自性呢？只要能信自性是人人本有，努力从内在世界去追寻，相信有一天，我们也可以像伟大的禅宗祖师一样，不必在死后，就在今生，便能见到我们的自性，从自性中觉醒，那将使我们"踊跃欢喜，得未曾有"！

纯想即飞，纯情即沉

在《楞严经》里，当佛陀开示了众生本来具有圆满妙明真净的妙心之后，阿难站起来顶礼发问："世尊，若此妙明真净妙心，本来遍圆，如是乃至大地草木，蠕动含灵，本元真如，即是如来成佛真体。佛体真实，云何复有地狱饿鬼、畜生、修罗、人、天等道？世尊！此道为复本来自有？为是众生妄习生起？……"（世尊，如果这个灵妙光明真如清净的心，是本来遍满圆明，甚至如大地草木，一切含灵的动物，都是真如本元的变化作用，也是和佛成正觉时的自性同体。佛的体性既然不变，又为什么会有地狱、饿鬼、畜生、修罗、人、天的六道轮回呢？这些不同的种类，到底是本来自然就有的呢？或者是一切众生的虚妄习气所生起的呢？）

阿难的这个问题真是大哉问，问出了佛教思想最根本的所在，因为佛的教化里讲因果不昧、讲六道轮回、讲净土或地狱虽都有一个实际的对应，但是在大乘佛教的心法里，佛陀一再教化我们，心、佛、众生无二无别，而自性的圆满光明能遍满一切国土。那么，地狱是怎么来的？是不是也是真如的一部分呢？地狱是有一定的处所？或者只是因个人业力不同的自然感受呢？

佛陀给阿难的一段回答，是经典里最明确记载了轮回升沉的成因的部分，也解开了一个几乎人人都会有的谜团，佛的弟子固然对净土地狱的形成有着迷惘，一般人何尝不想知道天堂地狱是怎么进去的呢？

佛告阿难："快哉此问！令诸众生不入邪见，汝今谛听，当为汝说。阿难！一切众生实本真净，因彼妄见，有妄习生，因此分开内分外分。阿难！内分即是众生分内，因诸爱染，发起妄情，情积不休，能生爱水。是故众生，心忆珍馐，口中水出。心忆前人，或怜或恨，目中泪盈。贪求财宝，心发爱涎，举体光润。心着行淫，男女二根，自然流液。阿难！诸爱虽别，流结是同。润湿不升，自然从坠，此名内分。"（一切众生的自性本来清净，因为妄心带来的知见而有虚妄的习气，这虚妄的习气又分成内分和外分。所谓内分，就是众生分内的事，由于众生爱染一切而生起妄有的情意，情意累积不休，就会分泌爱水。所以众生心里想到好吃的东西，就流出口水，心里想念故人，或怜爱或愤恨，眼泪自然盈眶。心里贪求财宝，内心就生出爱涎，使身体光润不比寻常。心里想着淫欲，男女二根自然流出液体。以上这些爱的心理虽然不同，但流出爱水，心中的结不能开解则是相同的。一旦被爱水润湿，就难以升华，久而久之，自然从此坠落，这叫作内分。）

"阿难！外分即是众生分外。因诸渴仰，发明虚想，想积不休，能生胜气。是故众生，心持禁戒，举身轻清。心持咒印，顾盼雄毅。心欲生天，梦想飞举。心存佛国，圣境冥现。事善知识，自轻身命。阿难！诸想虽别，轻举是同。飞动不沉，自然超越，此名外分。"（所谓外分，就是众生分外的事。因为渴望仰慕各种外务，发生一些虚妄的想念，想念累积不休，就会产生一些强盛的气。所以众生心里守着清净的戒律，全身都会轻安清快。心里持着神咒手印，就有了顾盼自雄的气概。心里想要升天，梦里就觉得已经飞举。心里存念诸佛国土，圣境就会突然出现。一心事奉善知识，就能牺牲自己的生命。以上这些想望的心理虽然不同，但使身心轻安远举是相同的。想念一直向上飞动就不会下沉，久而久之，自然超越自我，这叫作外分。）

在这两段话里，佛陀说出一个非常重要的概念，就是使众生往下坠落及往上飞升的两种习气。使我们坠落的是我们的爱欲，使我们飞升的是我们思想的向往。相对于自性的本体，"爱欲"与"思想"都是虚妄不实的，但是这虚妄不实的东西，累积起来对人的身命却带来升沉的染着。当然，这种染着对于众生的轮回，有着决定性的作用。

思想与情欲的交缠

接着，佛陀就说出这种作用："阿难！一切世间生死相续，生从顺习，死从变流。临命终时，未舍暖触，一生善恶俱时顿现，死逆生顺，二习相交。"（一切世间的生死相续，活着的时候是顺着习惯在生活的，死的时候也是随习气的源流变化。当一个人生命要终了的时候，他还没有舍弃暖的感触时，他一生所做的善恶行为会一起出现，生死顺逆两种习气，会在一起交战。）

交战的结果是怎样的呢？

我们可以料想到，善和恶的行为交战，善的行为占了上风，自然在临终时能轻安离去，而恶的行为如果战胜，则就不免挣扎沉沦了。这使我们知道生时的习气和行为，对于临终的最后一念有决定性的影响。

佛陀对于善恶交战的结果，有非常精辟的说法，这一段是对于轮回投生最根本的见解：

纯想即飞，必生天上。若飞心中，兼福兼慧，及与净愿，自然心开，见十方佛，一切净土，随愿往生。

情少想多，轻举非远。即为飞仙、大力鬼王、飞行夜叉、地行罗刹，游于四天，所去无碍。其中若有善愿善心，护持我法，或护禁戒，随持戒人；或护神咒，随持咒者；或护禅定，保绥法忍。是等亲住如来座下。

情想均等，不飞不坠，生于人间。想明斯聪，情幽斯钝。

情多想少，流入横生，重为毛群，轻为羽族。

七情三想，沉下水轮，生于火际，受气猛火，身为饿鬼，常被焚烧，水能害己，无食无饮，经百千劫。

九情一想，下洞火轮，身入风火二交过地，轻生有间，重生无间，二种地狱。

纯情即沉，入阿鼻狱。若沉心中，有谤大乘，毁佛禁戒，诳妄说法，虚贪信施，滥膺恭敬，五逆十重，更生十方阿鼻地狱。循造恶业，虽则自招，众同分中，兼有元地。"

（生前纯粹思想的人，死后神识就会上升，必然投生到天上。如果在升华的心识里还兼有福德智慧，以及有清净的愿行，死时就能心境豁然开朗，可以见到十方诸佛，便可以随着愿力往生任何一个净土。

思想多而情欲少的人，虽然一样会上升，但不会很高远。死后就会成为会飞的仙人、大力鬼王、飞行夜叉、地行罗刹等，游行于日月所照临的天下，没有障碍。其中如果曾发善心善愿，护持佛法，或护持戒律与守戒的人；护持神咒及持咒的人；护持禅定保卫法忍等等，就能在佛的座下当护法。

情欲与思想均等的人，死后神识既不飞升也不坠落，就投生在人间。思想清明的生为聪明的人，情欲幽重的生为愚钝的人。

情欲多而思想少，死后神识流入畜牲，重的成为毛群等牲畜，轻的成为有羽翼的禽族。

七分情欲三分思想，死后就沉过水轮，生在火边受烈火的烧炙，或身为饿鬼，时常被饥火焚烧，不只是火，连水也能伤害他，这样没有饮食地度过百千劫时间。

九分情欲一分思想，就会更坠过洞火轮，进入风火交会的地狱，欲轻的生在受苦有间断的地狱，欲重的生在受苦无间断的地狱。

完完全全情欲而没有一点点思想的人，死后就会落入最苦的阿鼻地狱。如果在下沉的心识中，还有诽谤大乘佛法、毁坏佛的禁戒、以狂妄不实来演说佛法、虚贪他人的信仰与布施、滥得他人的恭敬，加上又犯过杀父、杀母、杀阿罗汉、出佛身血、破和合僧五种罪逆，杀生、偷盗、邪淫、妄语、两舌、恶口、绮语、贪欲、嗔恚、邪见等十种恶事的人，就会一再转生于十方阿鼻地狱。这些所造的恶业，虽然是自己的业力所招致，但在共同的果报里，兼有各自不同的境地。）

如戴高山，履于巨海

我们现在仔细地读过《楞严经》这一段，就知道了轮回一些基本的看法。在佛教的许多经典都讲到因果报应，但仍然是对现象的，没有触及内部思想与情欲的分野。我们可以如此简别地说，思想所导引的事物通常能使人走向好的、善的、清明的、有智慧的道路；而情欲所驱迫的事物却使人走向坏的、恶的、污浊的、愚昧的地域。——在生前的时候固然如此，即使是死亡的那一刻，也一样导引了投生的方向。

事物的本身没有善恶，在清明的思想中就善，在污秽的欲望里就恶。例如金钱，在清明的人手中，可以用来布施救济，在恶人手里就用来行恶了。例如核子可以发电也可以毁灭人类，都是如此。

佛陀讲到轮回的实相，可以回答我们一些疑惑，例如有人问过我："如果一个人完全没有宗教信仰，他生前做了许多善事，那么死后究竟到哪里投生呢？"前面就有很好的答案。

也有人问我："为什么有人生来聪明，有人生来愚笨？"前面也有答案。

但是，还有一个更普遍的问题："一个人如果信仰了宗教，可是一方面为恶，他死了是能依宗教而生在天堂呢？还是因为恶事而沦落呢？"当然，宗教不是上升的保证书，有的宗教里宣扬，一信了这个宗教就能"天堂挂号，地狱除名"；有的是一旦信仰就"办理业障归零手续，死后保证升天"。这些保证都不可靠，可靠的是一个人的思想与情欲。

我们回观自我，平常我是常用思想生活，还是顺着情欲的推动呢？其实，上升与坠落都是靠自己。

我们是要乘着思想的翅膀飞翔呢？或是挂着情欲的铜锤下坠呢？

接下来，佛陀很详细地说明天、人、阿修罗、地狱、饿鬼、畜生六道的景况。更重要的是他告诫我们，一个菩萨应该如何避开情欲，锻炼思想与智慧。他说：

菩萨见欲，如避火坑。
菩萨见贪，如避瘴海。

菩萨见慢，如避巨溺。

菩萨见嗔，如避诛戮。

菩萨见诈，如畏豺狼。

菩萨见诳，如践蛇虺。

菩萨见怨，如饮鸩酒。

菩萨见诸虚妄偏执，如临毒壑。

菩萨见枉，如遭霹雳。

菩萨观覆，如戴高山，履于巨海。

以上十种能造十种恶习因缘的欲情，都是做一个菩萨应该见离的，唯有离开了欲爱的火坑、贪念的毒瘴、傲慢的泥潭、嗔恨的杀伤、欺诈的豺狼、谎言的蛇虫、怨怒的毒酒、虚妄偏执的悬崖、冤枉打击，乃至对一切颠倒覆藏的事，就如同头顶着高山，在巨大的海洋行走一样。

身心轻安，翩翩飞起

头顶着高山，在巨大的海洋行走的人，不坠落的有几人能够？

我们读的这一部《楞严经》，说法因缘是由于阿难到城中乞食，中途路过妓院，被摩登伽女所惑，差一点破了戒体，幸好佛陀以神通闻之，派遣文殊师利菩萨前去解救。佛陀为了慈悲众生，才从人生而宇宙，由精神到物质，从现象到自性，一一开演，说出了这一部伟大无比的经典。

"食"与"色"实在是人生的一大苦恼，在芸芸众生里，多的是在情欲波涛中流转不息的人，哪一个不是阿难与摩登伽女呢？

　　要解决情海的流转，得到解脱的道路，并不那么容易，但一天比一天多一些思想、多一些智慧，也不会是太难的事。佛陀为我们指出了一个简单的原则，就是：

　　　　生因识有，灭从色除。
　　　　理则顿悟，乘悟并销。
　　　　事非顿除，因次第尽。

　　生固然是因为识的作用而有，但要灭除虚妄，应该从色相开始。从理上说，人的心性可以顿悟，在顿悟时色、受、想、行、识的虚妄都会随着消除。但是从事上说，色、受、想、行、识不能一次顿灭，要从色相开始，接着才是受想行识，依照次第地来除尽它。

　　除掉五阴的虚妄，就是解开了使我们下沉的情欲，使我们能身心轻安，翩翩飞起，这时不要说死后，就是在生前，佛菩萨的净土也清明如在眼前了。

盆与水的智慧

　　每天清晨，我们走进浴室洗脸，面对着脸盆，以及流注到盆中的清水，究竟带给我们什么样的沉思呢？

　　扭开水龙头的一刻时常带给我一些震动，那些哗啦哗啦的水喷涌而出，有时会给我们生命与时间的联想，我们的生命与时间，它流失的速度是快过涌流的水喉，那洗涤脸容的清晨，虽说是预示了今天的开始，何尝不也象征昨夜已彻底地流逝了呢？想到这里不免令人怃然而惊。

　　但也不全然是那么可怕的，当我们看到建好洁净没有一丝污染的清水，用来鉴照我们、清洗我们，有时这种清洗与鉴照不只是脸容，也是心灵的，我们清洗后把水放掉，走出室外迎接晨光，那时候就感觉有一个非常明净的自我，要来迎接一个新的太阳、新的光明。

　　水，或者盆子，都只是相对的东西，澄净的水用来洗脸，混浊的水用来洗足，污脏的水则可以用来灌溉和施肥，当然，清水

182

与污水是有分别的，可是只要会用，都是有用的。

盆也是如此，装水的盆子有许许多多的用处，它可以承受明净的水，也可以包容污秽的水；它可以盛满鲜花，也可以装满粪水；它可以盛芳醇的蜜，也可以放醉人的酒。盆的本身是没有分别的，分别的只是它装的东西罢了。

是不是有时我们也觉得自己是盆，在一个环境、社会之中流转，因为外在的事物不断改变自己，不断地随外境流转呢？

是不是有时我们也觉得自己是盆，每天空空地走出房门，到入夜的时候装满了许多东西，等待清晨的清洗，然后再出去盛满事物呢？

关于水与盆子，在佛经中有许多智慧的启示，流动的无相的清净的水，常被用来象征自性与法身；可以盛物的盆子，则常被用来形容一个人的身口意，也就是说，佛教的修持是在使我们的自性能开启出清净如水的面貌，这就是"自性心水"；同时，也是在使我们的身口意透过清净的选择，成为聚宝的盆子，而不要成为什么都装的毫无拣择的盆。

那么，我们来看佛经里，如何用水与盆子来做譬喻吧！

护住一口，不堕三途

佛陀有一个独子，名字叫作罗云（也有经典译成"罗睺罗"），罗云在还没有出家之前，心性就非常粗犷，说话很少诚实和信用，后来，他跟随佛陀成为佛的弟子，习性并没有改变，仍然喜欢喜讲妄语，使佛陀非常忧心。

为了改掉罗云的习性，有一天，佛陀叫罗云到贤提精舍去住一段时间，并嘱咐他应该守口摄意，勤修经典和戒律。罗云也知道佛陀叫他改除坏习惯的苦心，自己感到惭愧和悔恨，于是到贤提精舍去守口摄心，努力修行。

过了九十天以后，佛陀到精舍去看罗云，罗云看到佛陀来了，非常欢喜，为佛陀准备衣服卧具，请佛陀坐在床沿。佛陀对罗云说："你去拿一个澡盆，来为我洗足吧！"罗云受教，就装了一盆水，为佛洗足。

洗完脚，佛对罗云说："你看见了澡盆中的洗脚水没有？"

罗云说："看见了。"

佛说："这水可以用来饮用、洗脸，或漱口吗？"

罗云说："这水不能再用了，因为这水本来是清净的，但现在洗过脚，受尘垢所染，所以不能再用了。"

佛说："你也是这样子，你虽是我的儿子，是国王的孙子，但你既然舍弃世间的荣华富贵，成为出家的沙门，如果你不精进修行，摄身守口，而让贪嗔痴三毒的污秽充满你的胸怀，也就像这脏水一样，不能做清净的用途。"说完，佛陀叫罗云把水倒掉，罗云就倒掉了水。

佛陀接着说："现在澡盆虽然空了，还可以用来盛饮食吗？"

罗云说："不能用，因为它有澡盆之名，又曾经盛过不净的东西。"

佛说："你也像这样，虽然身为沙门，口里不讲诚信，心性又刚强不念念精进，恶名在外，这就像澡盆一样，不能再拿来盛清净的食物。"说完，佛用脚指拨动那个澡盆，澡盆随着轮转而走，旋转跳坠了好几下才停止。

佛说："你爱惜这澡盆，害怕它打破吗？"

罗云说："这是洗脚的器皿，又是贱价的东西，我不会很爱惜它。"

佛说："你也像这澡盆，虽然身为沙门，不摄住身口，常讲粗话恶言中伤别人，大众不会敬爱你，有智慧的人也不会疼惜你，当你身死神去，轮转到三恶道里，自生自死、苦恼无边无际，诸佛菩萨都不会顾念爱惜你，就像你不爱惜污秽贱价的澡盆呀！"

罗云听了佛的教化，感到十分惭愧畏怖。

佛就对罗云说了一个故事，他说："从前有一个国王养了一头大象，那大象勇猛而善于作战，它的力气甚至胜过五百只普通的大象。国王有一天想兴兵作战，希望这头象也能加入战争，于是给象披上盔甲，叫一位驯象的兵士来训练它。象士用两只长矛绑在它的象牙上，又用两只剑绑在它耳朵上，以曲刃刀刀绑在象的四只脚上，还在它的尾巴上绑了一支铁挝。总共在大象身上绑了九件厉害的兵器。训练打仗的时候，大象什么兵器都用上，只是护住自己的鼻子，驯象的兵士知道象会爱惜自己的生命，感到十分欢喜，为什么呢？因为象鼻子很软弱，一中箭就会死。但是驯象的兵士和象斗久了以后，大象竟伸出自己的鼻子，希望能在软弱的鼻子上也绑上一支箭来战斗，象士不肯给它，国王和群臣看到大象竟不惜生命，用最软弱的地方拿箭，感到非常疼惜，因此就停止了让它出战的念头。"

佛陀于是语重心长地告诫罗云："人犯了九种恶事（一、两舌闻法乱他；二、闻法心不能领会；三、悭贪独食；四、恶食饲人；五、劫夺人物；六、喜盗人物；七、喜妄语传人恶；八、喜醉酒；九、执法罔下诬判），只要护住一张口就能像大象护鼻不斗一样，象护鼻子是怕中箭而死，人护住一张口，是害怕堕入三恶道，受地狱的苦痛。不护口的人，就是十恶全犯尽了，就如同那头大象，最后不怕中箭伸出鼻子作战一样，一定会丧失身命。一个人十恶尽犯，不只会坠入三恶道，还会受无穷的痛苦。如果能修行十善，摄住口、身、意，众恶不犯，便可以得道，永离三恶道之苦，不受生死的大患了。"

罗云听了佛的恳切教诲，决心向上，刻骨不忘，终于能精进柔和，如大地一样忍辱，心识寂静清净，得到了阿罗汉的果位。

永远保持盆水清净

这是《法句譬喻经》里的一个故事，我们可以看到，佛陀用多么精辟的比喻来教诲自己的独子，尤其是脸盆与水说出了一个人的口是多么重要。

从身、口、意三者来说，最能令人受伤，而令自己不得清净的往往是口，守护自己的口乃成为一个修行者最重要的功课，一直到现在，佛寺里都常有"止静""禁语"的功课，是在摄住我们的口，只有当一个人摄住口舌，才能反观自照，否则终日嚣嚣，就是宣泄于外，内无所得了。

在另一部佛经里，佛陀又用了一次很好的关于盆的譬喻。

有一天，有一个叫作伤歌逻的婆罗门，他到舍卫城郊外祇陀林精舍来访问佛陀。

他对佛陀说："世尊！我有一个问题搞不清自己是怎么回事，有时候，我自觉格外爽快，对学过的东西讲得非常称心，连对没学过的东西也能滔滔不绝地辩论。但是，有时候我感到非常昏迷，连平常学的东西也完全想不起来，这到底是怎么一回事呢？"

佛陀就对伤歌逻开示道："婆罗门！假如这里有一个盛水的容器，这盆水染有红色或青色，就不能反映出一个人原来的脸色。同样的，人的心如果被贪欲所熏，则由于居心不净，任何事物都不能反映出它的实相。

"假如这盆水被火烧开而沸腾，还能映出脸的原貌吗？同样的，人如果被怒火焚身，则不能洞察实态。

"假如这盆水浮着水苔、塞满水草，还能映出脸的外形吗？同样的，人心被愚昧或疑惑所蒙蔽，就不能看出实态。"

佛陀于是做了这样的结论："婆罗门！相反的，如果这盆水清净而不污，静止而不沸腾，空明而不塞水苔水草，那么不论在何时何地都可以反出物体的实态。同理，人心不为贪欲所烦恼，不为嗔怒所激动，不为愚痴所障蔽，不管是何时何地遇到任何事物都能得到正见呀！"

佛陀对伤歌逻做了盆与水的开示，这时盆不只是口的象征，也是心与意念的象征，要使心盆清净，主要的是熄灭心中的贪嗔痴，也才能对事物有真实的观察，进而把握到事物的本体。

我们一般人都常有佝歌逻同样的问题，不能保持心念如一的情态，时而清晰、时而昏沉，那是因为盆中所盛的水不清净的缘故。当然，口的辩才无碍或口齿结舌，仍然是因心而起，所以护口很重要，但护心更重要。

如果打破宝盆

心、口都以盆作为象征，身自然也是盆的象征，佛经里常常把一个人的身体称为"宝瓶""宝盆"，那是指人的自性、法性、佛性都是不离身体，身体内自有宝物，修行的人无非是从眼、耳、鼻、舌、身、意六根入手，进入法的世界，这就是禅宗大德时常说的"借假修真"。

我们的宝盆宝瓶虽不是什么尊贵的东西，但因为要承住自性佛宝，它就显得无比重要，我们想想，宝盆宝瓶打破了，内中的宝物就流散了，所以，即使只是一个器皿，也是非凡的。

在《大方广宝箧经》里，文殊师利菩萨就对须菩提说："譬如陶家，以一种泥，造种种器。一火所熟，或作油器、苏器、蜜品，或盛不净。然是泥性，无有差别；火然亦尔，无有差别。如是如是，大德须菩提！于一法性一如一实际，随其业行，器有差别，苏油器者，喻声闻缘觉；彼蜜器者，喻诸菩萨；不净器，喻小凡夫。"

我们都是由同一种泥、同一种火所烧成的，只是选择了不同的东西来盛着，随着我们所造的业行，使那原来没有差别的器皿，竟产生了很大的不同。

身体不也是一个器皿，一个陶盆吗？

我们，到底要用自己身、口、意的盆子盛一些什么样的东西呢？

每天清晨与夜里面对水盆的时候，这样想想，每天就会有一些新的启示了。

围炉一束

在偶然间得到一本清朝咸丰年间王永彬所著的《围炉夜话》，这本书在坊间并不多见，它的性质和《菜根谭》类似，但比起《菜根谭》的普遍流传相差甚远。

《围炉夜话》，顾名思义有一点像炉边闲话之类，据王永彬在书前的引言说："寒夜围炉，田家妇子之乐也。顾篝灯坐对，或默默然无一言，或嬉嬉然言非所宜言，皆无所谓乐，不将虚此良夜乎？余识字农人也，岁晚务间，家人聚处相与烧枘、煨山芋，心有所得，辄述诸口，命儿辈缮写存之，题曰《围炉夜话》。"

王永彬自称为识字农人，他的生平也已不可知，但可以看出他是中国传统耕读传家的知识分子，这本书是他晚年的作品，也可能是他生平留下的唯一著作。因此，《围炉夜话》乃不是知识的传递，而是生活智慧的累积，其中有很多具启示性的见解，我觉得颇堪作为修身养性的格言，在这里选录一束，并加上一些简短的说明：

稳当话，却是平常话，所以听稳当话者不多。

本分人，即是快活人，无奈做本分人者甚少。

一个人必须平常，才会稳当，也必须守本分，才会快活。当然，在这个社会上，由于浮夸成风、肤浅成性，说稳当话的人不一定能得到立即的成功，只守住自己本分的人也可能不会有辉煌的日子，可是不管社会怎么变，真正能在生活里得到快乐，不致被虚华所迷惑的，永远是那些安常守分的人。

风俗日趋于奢淫，靡所底止，安得有敦古朴之君子，力挽江河？

人心日丧其廉耻，渐至消亡，安得有讲名节之大人，光争日月？

打开报纸的社会版，是现代人每天最心惊的经验，才短短没有几年的时间，台湾社会已经沦落到可怕的地步，社会风气的败坏已不仅在都市，连最偏远的乡间也习染恶习，许多人为了奢侈淫逸，断丧了廉耻，都已经到最谷底了。处在这样的风俗人心里面，人人都期待有大人君子出来挽救，我们的大人君子夜晚扪心能不警惕？而我们的青年，有多少人立志做挽江河、争日月的人呢？

存科名之心者，未必有琴书之乐。

讲性命之学者，不可无经济之才。

　　在中国传统里，知识分子大部分都以追求通识为理想，而不使自己成为只知一行的狭隘专才。但是也有一些文人，心存科名，使他们不能知道生活真正的品味与快乐；而另外一些讲性命之学的文人，往往不务正业，或无经济之才而依附于社会。这些都不是中道，所以做一个存科名、讲性命的知识分子，也要是会生活、能实践的人才好。此所以"看书须放开眼孔，做人要立定脚跟。"

　　气性不和平，则文章事功，俱无足取。
　　语言多矫饰，则人品心术，尽属可疑。

　　时常有人问我写文章的方法，好像写文章这件事是多么重要，其实就一篇作品而言，写文章只是最末的一个枝节，培养一个大的和平的性灵世界，文章才是有可为的，否则千思万想也写不出好文章。因为文章与语言一样，是人心灵世界的流露，如果没有正思维、正知见的性灵，不论文章语言多么着力，都是矫饰罢了。这本书里又说："有真性情，须有真涵养。有大识见，乃有大文章。"也是这个道理。

　　观朱霞，悟其明丽；观白云，悟其卷舒；观山岳，悟其灵奇；观河海，悟其浩瀚；则俯仰间皆文章也。
　　对绿竹，得其虚心；对黄花，得其晚节；对松柏，

192

得其本性;对芝兰,得其幽芳;则游览处皆师友也。

在我们生活的周遭,几乎没有一件事物是没有意义的,只是由于我们的心灵粗糙,很难在事物中找到意义,或在生活里找到智慧,因此,要提升我们对生活的观照与慧解,重要的不是去改变生活的内容,而是改造心灵与外物的对应,能与外在世界对应的人,则一株草、一点露,乃至雪月风花,无一不是智慧的启发。这本书里还说:"莲朝开而暮合,至不能合,则将落矣,富贵而无收敛意者,尚其鉴之。草春荣而冬枯,至于极枯,则又生矣,困穷而有振兴志者,亦如是也。"这不正是从小草和莲花所体会的智慧吗?

愁烦中具潇洒襟怀,满抱皆春风和气。

暗昧处见光明世界,此心即白日青天。

一个人的一生,永远没有愁烦和黑暗时期,是不可能的,每个人在生命中的经验,恰如是潮汐波浪,兴起而又衰落。大部分人总是善于处在快乐和光明的时刻,而不善于愁烦与黑暗的时刻,甚至有许多一落入愁烦就崩溃、一堕入黑暗就失去光明的心,所以在胸襟上有开阔的气概,在心性上有追求光明的坚持,是多么的必要! 这本书里还说:"心静则明,水止乃能照物。品超斯远,云飞而不碍空。""澹如秋水贫中味,和若春风静后功。"都是在说明心的明净和品格的高洁,比一个人所经历的考验重要得多。

意趣清高，利禄不能动也。

　　志量远大，富贵不能淫也。

　　比起古代来，现代人受教育的机会很多，可悲的是，道德与教育似乎并不相关，许多高等知识分子，常为了小小的利禄而丧心败节，更不用说大富贵了，很少人能不为之目眩神摇的。所以，意趣与志量似乎比教育有力量，一个人有清高的意趣，则安贫乐道，利禄于我何有哉？有远大的志量，则胸怀天下，富贵于我如浮云！如何才能意趣清高、志向远大呢？《围炉夜话》里说："教子弟于幼时，便当有正大光明气象。检身心于平日，不可无忧勤惕厉工夫。"

　　家纵贫寒，也须留读书种子。

　　人虽富贵，不可忘稼穑艰辛。

　　台湾有一句俗语说："有钱不会超过三代。"那是因为富贵人家的子弟，很容易忘记财富来之不易，而失去了奋斗精神，最后，他们的富贵就会转到有奋斗精神的人家。

　　中国有一个传统，就是农业社会的"耕读传家"，因为光是耕，容易使人失去胸怀与志向；而光是读，容易使人忘失性命之学与经济之才。唯有耕读，才能进可攻，退可守，处贫寒之际也有远大的目光。

人犯一苟字，便不能振。

人犯一俗字，便不可医。

苟且偷安的人，不可能振起什么壮志雄心，所以行事为人不能苟且地过日子，才能改心革面、贡献社会。但是，一丝不苟的人常会渝于俗气，什么病都可以医治，唯有俗病是无可救药的，所以在不苟且中间须有雅致，否则便容易成为俗人。

不苟且、不俗气，是现代生活的两脚，不苟且的人才能立定脚跟，不俗气的人才能放怀天下。

附　录

神迹·文学·菩提路

——林清玄的蜕变

文/释果淳

因　缘

是因缘使我认识了林清玄先生。第一次，在一九八三年金鼎奖颁奖盛会中，从远处望见他，高举着奖杯，似洋溢着满心的欢喜，而惹人注意的是他那属于艺术家格调的好长的头发。

时隔一年多，为了编辑《人生》，经常往返打字行。无意中瞥见淡大同学的一则访问稿，主角恰是林清玄先生。他素食，喜读佛经，而言谈中自然流露出来的见解思想，也开朗明阔地一如佛法。

几天后，《中国时报》副刊登出了他的近作《佛鼓》，文字上多着墨于佛寺的钟鼓雍穆，殿堂圣洁，涵意中却又点化出了佛法深隽自得的心地功夫；理会得到，林清玄先生，绝非是以佛学珠串来华饰他文学殿堂的域外人，在他灵敏的文思所倾注而出的光彩内，已显露了一个慕道者对佛法全心的喟叹和挚诚的期盼。

最后，由一份单张的书讯报道，得知了作家林清玄先生全家茹素的消息，并据称素食有益身心健康。这一讯息，使我欲代广大读者和林先生结缘的念头，愈益成熟，于是，托请在杂志社工作的三姐，探得林先生此时正于《时报杂志》担任主笔，几番电话联络上了之后，听筒中传来的声音，十分爽亮悦耳。巧的是，林清玄最近也读了《人生》杂志，并正计划和太太造访农禅寺。此一邀约，竟是这般顺利；首先，林清玄和夫人在七月初相偕来到农禅寺，由于当时事务正忙，招待不免简慢；而《人生》编辑组，也趁着林清玄工作较轻闲之际，至其家中，相与畅谈，前后历时四小时，透过他丰富的触感，条理的思维以及妥帖完整的铺叙，我们逐渐了解到文学和佛法，作家与佛教徒这一脉相承，婉转而来的心路旅程。

神奇的民间信仰

童年，我生长在一个宗教信仰气氛极为浓厚的家庭里，父亲以上三代，对寺庙事务都非常热衷。父亲本身是一家"如来佛祖坛"管理委员会的主任委员，而旗山镇妈祖庙的土地是他捐献的。每逢庙会、游行，他总是掌头旗，做炉主；旗山镇大大小小的寺庙，大凡柱子、供桌都刻有父亲的名字。从小，我便经常随着父亲四处去参拜。

我们家有个房间，摆着一张很大的供桌，上面供奉着许多神像，早晚都必须点香。大年初一起床以后，全家第一件事，就是环游着全镇的寺庙——去上香礼拜。寺庙，对我们以及全镇的居民而言，简直是血浓于水的关系。每天，下田工作前，父亲会先去庙前的广场喝几盅老人茶，下午，收工以后，也是先喝了茶再回家。凡是遇到妈祖生日、观音生日，盛大的集会、游行，那更是全镇的人都一齐丢下工作，集合起来，全心全意地投入一场宗教式的喧腾中。

是什么力量驱使他们，如此为宗教活动忘情忘身地参与？我想有两点，一来是基于崇敬祖先的心理，因为寺庙所供奉的神明，大部分都是我们的民族伟人。二来那些层出不穷的神奇现象，确实带给了民众强烈的鼓舞力量。

我小时候，曾亲眼看到，神轿由人抬着，从一条大河上面漂浮着踩过去，而这条河在平时，足足可以把人没到头顶。还有神明出巡的时候，沿途都会收罗天兵天将，乩童一跳，挥刀向四边的草木砍杀，那些植物竟然会受伤流血。有一次，乩童口中忽然讲出日本话，原来收了一个日本兵，连他的兵籍号码都报告得一清二楚，年纪大的人劝他说："你来这里做中国兵，应该讲中国话！"于是，他立刻改口讲闽南语。这些例子，不胜枚举。还有过火，一次几千人参加，每一个人都平安通过，我有一篇文章就叙述小时候过火的体验。

更有一桩了不得的奇迹，是轰动我们整个旗山镇的，我可以详细说明一下。

在旗山镇，有一间小庙，供奉着地藏王菩萨。他每年农历四月总要回安徽九华山谒祖。一九八二年四月十四日的晚上，这座寺庙的管理员、主任委员、副主任委员都同时得到菩萨的梦兆，指示众弟子在四月二十一日卯时，前往台北县石门乡富贵角接驾，届时将有佛祖释迦牟尼同来。大伙半信半疑地依时循地前往。时辰一到，海面上果真漂来一块黑黑的木头，浪头打来，便跳上了岸，是一尊释迦牟尼佛，佛像背面刻有"苏州府归宁寺"字样。而乩童跳乩时，地藏王菩萨又表示，他一共迎请了归宁寺三尊佛像。第二尊要来的是"药师如来佛"，抵达时间是农历五月三日子时，地点在台南县七股乡海边。

这下信徒可疯狂了，谁也不敢不相信，浩大的车队，准时前往等候，但海岸线太长了，晚上海边能见度又低，苦候了一夜，没见到佛像的踪迹。原来，这尊药师如来佛，被一位货车司机在海边捡到，便移至"镇海将军宫"供奉起来，信徒沿着海岸询问数天之后，终于找着它，完璧归赵。第三尊是阿弥陀佛，将于八月十日酉时在狮头山海面登岸。那天海面风浪很大，可是，佛像却自海上缓缓漂来，安详而宁静。

现在，这三尊佛像并排着供奉在地藏王菩萨庙里，用上好的乌沉香木料刻成，高约二尺，据说是明朝以前已雕成。

这怎么解释？从苏州过来台湾，翻山越岭，漂洋过海，有几千里的路程，竟都能够准确地抵达目的地。除了神明的神力之外，还能有其他更好的解释吗？

对于这些司空见惯的神迹，不只是老一辈的人置信不疑，我们这批已经接受新式教育的年轻人，也不免咋舌，每年选举新炉主的时候，按照惯例，都是以笠杯决定。当有人连续掷出正反正反三十多次，大家都想今年炉主非他莫属，结果竟有人出现了六十多次，全部的人都鼓掌叫好，而最高纪录可达八十多次。用现代数学的概率来计算，根本不可能，那是几亿分之一的机会，但这种现象，在乡下很平常。

然而，在这些言之凿凿的神迹及浓烈的宗教气氛之外，我也开始有了些反省。我想知道，这些神明他们除了显现神通之外，平常他们在做些什么？如果他们真能造福人类，这世界为什么仍然充满了缺陷及痛苦？那些乩童为什么老是要用尖针刺穿嘴巴，用利刃砍伤背脊，受这些无谓的折磨呢？庙会游行的时候，为什么要把小孩绑在旗杆上，都尿在裤子上了，也不放他下来。这样的信仰是不是最好的？

对乡下人而言，这样的信仰方式已经心满意足了。他们不需要去知道太多的理论或依附一个中心思想；也不去问人生的意义何在或人死后到哪里去，这类更深一层的问题。反正有神在就好，它是神圣的表征，高高在上的主宰者，人间发生了大大小小不可化解的疑难杂症，一并交给神来决断。重要如婚姻、事业、健康，鸡毛蒜皮如家里走失了一条狗等，都得请神来指示，而且时常都很灵，万一不灵，乡下人也能够包容并且认命。

在旗山镇，由于这种民间信仰非常神奇而强烈，所以，基督教、天主教一向被排拒在外，但正统的佛教也无法占有一席之地，这可能跟乡下人爱热闹的性格有关，佛教仪式通常都清净庄严，而佛菩萨也很少有特别突出明确的示现。

虽然，佛教并不否定神迹，甚至经典里面描述了许多大菩萨们的神通境界，然而佛教的特色却强调觉悟，能于生活中觉悟到清净的智慧，才是重要的。

我有一次为了写报导文学，曾跟着大甲妈祖回娘家，从大甲走到北港，需要七天七夜的时间，这么虔诚盛大的队伍，无论走到哪里，沿途都有人替你弄吃的，找睡的，而这么多人，并没有特别的管理约束，多少年来，不曾听说过有冲突事件发生。到了北港朝天宫，几万人聚集在广场前，一齐拜下，那种场面实在令人感动。我觉得佛法若要弘扬，佛教徒应该对此抱着宽容的态度，了解了民间信仰力量的来源之后，才能实际替他们开辟一条新的出路。星云法师说过，迷信没有关系，就怕没有信仰，乡下人全部的精神寄托，就在这些迷信上，至少他们的宗教需要，在这样的信仰模式中，已经得到暂时的满足了。

我的文学里程

而我自己，对于宗教信仰，一直保持着若干兴趣，只是，还不到想要依靠的程度。出外念书时，也接触过基督教，跟着做团契，觉得基督教的性格太狭隘而激烈。天主教比较宽容温和，但《圣经》上又留给我太多的疑问，令我觉得不够圆满。佛经我也涉猎过，《心经》《金刚经》《六祖坛经》《维摩诘经》等，当时，我是把它当作哲学性的书籍来阅读思考，不知道以那种方式去理解佛经，完全是错误的。而我主要的生活重心，还是从事文学创作。

其实，小时候，我更喜欢画画，稍长，觉得文字才是最直接、最有力量的表达工具。比如写情书，与朋友问候沟通，都不能不运用文字。我的个性又比较敏感、好奇、喜欢做深入观察，我愿意去挖掘、表达我所接受的讯息和感受到的心得，来促进人跟人之间进一步的沟通。

高中时，我第一次投稿，稿酬三百元，正好是一个月的食宿费。从那时起，我更积极地写文章，久而久之，写作就成为我谋生的技能。

一旦决定要当一个作家，我便考虑作家的条件，必须是写得比别人好，比别人快，比别人多，我要如何达到这些要求呢？最初，我规定自己每天写一千字，一段时间之后，增加到每天一千五百字，若写不到这数量，就不睡觉，等于固定的功课。而一共有十年的时间，我维持每天写三千字的习惯。

我把作家当成工作，和一般农人、工人没两样。农夫种稻，自播种到收成，得经过四个月的时间，并且每天都要下田悉心照顾。作家写作，也像每天在耕耘一样，但却不知何时才能创造出最美好的东西，而态度上必须是不断地耕耘，不期待收获。

在不断写的过程中，我也一直寻求突破。我的方式比较特别，就是改变生活，出去旅行，更换工作。比如我去梨山采梨，在一两个月当中，便可以完全了解他们的生活习性、工作甘苦、娱乐范围等。我也随着矿工一起下矿到三千米处去挖煤矿，这时所有的人都挤着要告诉我做矿工的条件。我写作和待人的态度是相同的，也就是你必须和你相交的对象站在同一基础上来看事情，如实地了解体验之后，才能生出真诚的同情。而任何一篇好的作品中，这份真诚的素质，都是不可或缺的。

但有人写文章却提出了"文学的价值，在于形式，而不在于内容"的口号。形式指的是技巧，用技巧来作为内容的衬托，当然是重要的，但我觉得不该把它摆在第一位，否则，就变成雕虫小技，失去作家的意义。

要比技巧，书架上随便抽出一本文学名著，技巧都比我们高明，但为什么我们仍然要写？正因为我们跟他在不同的时间、地点、身份，有不同的感受和需要。一个作家的独特性，应是从这些真实的情境中来发挥的。

比如，我曾听一位茶农，叙述在茶叶收成季节"忙"的情形。他举了一个例子，说有一天采茶回来，便坐下来炒茶叶。添了一碗饭，才扒了一口就睡着了。结果，饭碗跌碎在地上，而他人就趴在饭粒当中睡觉。然后，做了一个梦，梦到自己的茶叶炒焦了，突然惊醒，才发现口里仍含着一口饭，并且已经散出了酒味。你看，他形容这"忙"，形容得多好，只要将这事实描写出来就够精彩了。而生活中，这样的题材到处可见，只要我们细心观察，便有所得。

谈到题材，又关系到作家的良心和责任问题。有人说作家要讲纯粹性，这是值得商榷的。我想没有一件东西是纯粹的，作家写完一篇文章，放在抽屉里，这叫纯粹，只要拿出来，譬如拿给我太太读，这已经不纯粹了，因为我会影响她。更何况将它公之于广大的读者面前呢！所以，作家写作，一定要考虑对象问题，不能逃避社会，若因自己的邪见、堕落、淫秽，而影响别人，这罪过就太大了。像我的读者中，有小学六年级的，有初中生，他们不见得有足够成熟的看法和见解来判断是非。堕落与罪恶是古今每一个社会共通有的现象，而作家也不是不能写堕落，像旧俄的小说，有许多堕落的场面，但他写堕落，是为了救赎，最后的目的，是要激发更大的拯救力量。如果我们没有这样的能力，或根本没有这种动机，我想还是不写的好。

除了增加生活阅历，我也用其他方法来加强写作能力。例如：我曾固定以三百字为限，来写任何题目，训练自己把不必要的枝节删除，留下最精华的部分。我也将写好的文章，拿给年纪大的人看，或让三年级的小朋友欣赏；如果他们说太难了看不懂，我就把它改成最平淡的方式。

另外，如果想扩充写作的素材，观察力和联想力相当重要。小时候，乡下牧场里养许多牛羊鸡鸭，又卖水果，要做很多琐碎事情，一旦忘记了，就会挨揍，因此，养成了我对生活观察记录的习惯。比如，我当兵时注意到训练伞兵的塔台正好是三十四英尺（约十点三六米），为什么不是更高或更低？便去问教练，他们说这是规定，没有理由。但我不服气，继续追问，终于有一个教练回答了我，他说据心理学家研究三十四英尺是人类最恐惧的高度，你从三十四英尺跳下来会死亡，但并没让你有解脱豪迈的感觉，反而觉得很窝囊。如果低于三十四英尺，那你不会死。因此，一个伞兵，如果能通过三十四英尺的考验，那更高或更低的高度，就都不怕了。像这样，大家都认为理所当然的事情，你观察到了，自然会有不同寻常的领会。

我的菩提路

我的文学里程，可以说相当顺利，谁也没料到，最后我却走入了佛教。

在信佛之前，我的性格也比较随便，除了初高中时，年轻气盛，凡事爱和人争个对错是非；而近十年来，我没有再发过脾气。

我的原则是，你要我就给你，我自有天地。

我曾见过一种斗鱼，水蓝色的，非常漂亮，只要两只鱼摆在一起，非斗个你死我伤不罢休。后来，从书本的研究，我了解到，原来，这种斗鱼天生有爱划地盘的习性，困难就在，它所划定的地盘通常要比鱼缸大，为了不让别的斗鱼侵犯领土，只有抵死拼斗了。

这种斗鱼，如果它有一个广大的海，那根本就不成其为斗鱼。因为海的广大，使它能够随时建立新的地盘，所以，我们若是在海里面看到斗鱼，反而会觉得它非常的美丽又温和哩！

人也是一样，一旦划定了一个狭窄的势力范围，那非跟人相斗不可。不论是物质的或心灵的，我们一旦执着起某一个特定的据点，便会没有了自己。根据斗鱼的启示，我就写了一篇文章，说明如果人人都来试着开辟自己更广阔的天地，便能减少争斗，使生活变得更自在、丰富起来。

这是我学佛之前的观念。而我的朋友就问我："你写作顺利，工作顺利，太太孩子都好，身体又健康，怎么突然间信起佛了？"确实，在生活上，我并没有遇到什么难题，我遇到的困难都只是内心的关卡，那就是如何突破我生活的层次，文章的意境。

最初写作，我也总是围绕着自己的朋友、爱情等零碎的琐事上大做文章。一段时间之后，我写不下去了，你一直告诉读者你自己、家人以及你的朋友在干吗等等，这有什么意义呢？后来，我开始写报导文学，有几年的时间，我一边旅行，一边写作，希望借着对某些事件的回顾探寻，以引起社会大众普遍的关心及帮助，但这也没有收到多大的效果；于是，我改写有关台湾或中国文化走向等思考性的问题。总共我所写过的题材包括，小说、散文、诗、剧本、报导文学、评论等，而直到信佛以后，有两三个月的时间，我没写过任何文章，除了佛法以外，我似乎已无话可说。

我正式成为佛教徒，是今年过年前后的事，那段时间，我突然厌弃了当时的生活形式，就是喝酒、应酬、打麻将。因为从事新闻工作，无非要借着这些活动，来维系人际关系。但有一次，坐在麻将桌前，看见麻将哗啦啦一阵翻倒，不禁警觉自问："我坐在这里干吗！为什么会这么无聊地重复这些动作？"为了替生活谋求一个更安宁的境界，首先，便把麻将戒绝了。

刚好，我太太也同时厌倦了这般忙乱无绪的生活形式，她开始吃不下鱼虾，足不出户地静静地看起佛经，而我们又遇见了好几位以前的朋友，有的是从美国刚回来的，他们竟然都信佛。由于我对佛经还有一些知识层面的了解，大伙便谈佛论道一番。朋友随即对我说："你既然很有兴趣，就该做一个佛教徒！"

之前，我心目中佛教得是成天吃素、戒酒、礼拜、诵经等，一些很公式化的印象。我时常嘲笑别人吃素没出息，而我的酒量又公认的是千杯不醉，戒酒，绝对办不到的，至于趴在地上，向佛像礼拜，总觉得有损知识分子的尊严，况且，一部经念一遍，懂它的道理即可，为什么佛教徒却要对着同一部经每天不断地诵它，这有什么意思呢？

但此刻，我却感到也许尝试去做一个佛教徒，正是我脱离目下这种生活形式的大好机会。

过年的时候，我和太太一起回旗山老家，满桌大鱼大肉，她却只一小盘青菜，便心满意足地吃着，我有些羡慕她了。

而此时，我还在《自立晚报》的"食家笔记"中，写吃的专栏，一次，正写到吃猪耳朵，刀法该如何如何，竟不忍卒笔，于是，打电话跟编辑说："我不能一边吃素信佛，一边写吃的专栏。"遂将专栏停掉，同时，又将其他好几个专栏一并停掉了。

我想，既然决心要做一个佛教徒，必须做个第一流的，首先，把一头长发剪短，跟着戒烟、戒酒、吃素，并且皈依；学习如何拿香、礼拜、恭敬供养等佛教仪式。再就是谢绝不必要的应酬，将空余的时间拿来阅读经典。

这下，我才知道，佛教除了过去我读的那些流通较广的经书外，还有《楞严经》《大宝积经》《般若经》《法华经》《华严经》《阿含经》《圆觉经》《楞伽经》……这么多长短不一的经典，一路阅读下去，心中的疑惑顿然消除了大半——原来人是可以这么壮大的，这壮大并非和山一样的坚毅、雄伟，而是可以像虚空一般，包容种种事件，所有的横逆挫折都在佛法的包容之下，变得无比的庄严，甚至，一念觉悟——当下即心即佛。的确，这才是最圆满的法宝啊！

过去，我对神秘的东西很有兴趣，所以买了一大堆紫微斗数、麻衣相法、奇门遁甲、风水地理的书来看。也经常去访问通灵人，后来发现这些都不能给我满意的答案。有一位女通灵人，因为她通灵，丈夫要跟她离婚，打电话来向我哭诉，我说你既是通灵人，就叫你的灵去把他找回来啊！然而，她的灵却办不到，可见这些神灵的能力是很有限的。

另外，前后有三个通灵人分别说出我三种前世——尼姑、道长、文学博士，指我为道长的表示，我比他高四辈，他还要称我两声师祖，我过去的弟子则遍布宝岛台湾，弄得我有点啼笑皆非，不知道信哪个人才好。

我比较想知道的问题是：宇宙天地是怎么形成的？人又从哪儿来？我为什么会是今天这样的我？为什么会是一个作家？我的父母、环境并没有提供这样的条件啊！在我们身心感受到的世界之外，是否还存在有其他的世界？但是，这些通灵人的神通总有个极限，遇到比较有深度的问题，有的立刻呆掉，有的则层层转报，直到最高级的灵降身，仍然回答不出个所以然来。

这些疑问，在佛经中却都有了圆满的解答，使我对佛教的理论基础充满了绝对的信心。跟着我和太太便在家中设置了简单的佛堂，每天供养礼拜，并也有一些感应产生。这些感应和我小时候在庙里看到的神迹不一样，比如就买了一束玫瑰花，一半插在客厅，一半供在佛堂，客厅的花已经凋谢，佛堂的却鲜红依旧，连水也是香的，水果亦然，并且我和太太经常闻到浓郁的檀香味。这些感应，并不是那么奇特，却令我有平静的感觉。

然后，我就开始规定一些功课，每天念《心经》《大悲咒》、拜佛、诵经。这时，在特别的因缘中，认识了我的学佛老师廖慧娟，跟随她学禅定与般若，心性与智慧都有了很大的开启。

透过这些修行的恒课，更贴切地印证了经书上所说，而这是一个不信佛的人无法理解的。我经常比喻给朋友听，我以前读经，就像是看一杯木瓜牛奶，隔着玻璃去分析它的成分、甜度、营养价值，现在看经，有如喝一杯木瓜牛奶，这其中的滋味，更与何人说？

常常我一出门，看见满街上的人，悲心便油然而生。这么多的人，这么苦，他们却不知道，每天还以苦为乐。看见昔日的朋友，仍然在大吃大喝，互相灌酒，内心不禁备感同情，却又束手无策。有一回，进到食品店买东西，立刻难过得作呕，怎么会臭成这个样子？以前最爱吃的肉松、肉脯，怎么一下子变得奇臭无比呢？

我的朋友问我："你在外面吃素，回家是不是偷吃蹄髈？"我说："当我看到桌上的猪肉，就仿佛看到了一只活生生的猪，正被宰杀、凌迟，既血腥又残酷的场面，你想想，我哪还可能吃得下呢？"此话一出，听得朋友大倒胃口。

对于家里的蟑螂、蚊子，我们也开始戒杀。说也奇怪，以前是越杀越多，现在反而都不见了，我那两岁半的儿子跟着我们吃素，他看到蟑螂、蚊子，会对它们说："你吃饱了赶快到别家去！"

信佛之初，我曾很积极地想传扬佛法。后来知道该顺其自然，不要强迫别人来信，要在别人因为你的改变，主动询问时，再告诉他佛法的殊胜，否则，你还没来得及把菩萨道的观念传播出去，别人已经被吓跑了。

比如有人问我何以近来身体越来越好？我就说因为我不喝酒，不吃肉，不做伤害自己的事，并且打坐，保持心情平静，减少物欲的干扰，而这一切都得自于佛法。如果他再问我，该如何学佛，做一个佛教徒？我便进一步告诉他，学佛没有简单的方法，你必须先皈依三宝，常随佛学，跟随佛菩萨的足迹前进，要把所有的出家人当成老师，相信佛法是完美无缺，无与伦比的，超越世间一切知识，而不是去怀疑辩证。并且除了读诵经典外，还要学习修行的方法，按照菩萨道的六波罗蜜去努力实践……

我在耕莘文教院的写作班教课，就有好几位学生，因我的改变开始吃素，那里的神父也来向我询问佛法。天主教台北市修女会，请我去演讲，对象都是修女。我本来很心虚，不敢答应，经太太鼓励，只要对佛教有信心，佛菩萨会加持你的。当时，特蕾莎修女正好来访问，所以第一句话我说："在我的眼里，特蕾莎修女是一位菩萨！"我接着便叙述菩萨所应具备的条件，以及菩萨精神，并建议她们，如果要做一个中国的神父或修女，却不了解佛教对中国人的影响力，那将是无法成功的。

我有一些朋友，他们喜爱佛经的道理，也坐禅，却不愿把脸皮撕下来，从最卑微，最平凡的跪拜、拿香开始。也有人虽然私底下非常虔诚，却不敢公开表明自己是佛教徒。

我觉得既然信仰了佛的教化，就必须要光明正大，庄严无畏，佛教徒并没有什么见不得人的，学佛的目的，主要是破我执，我执不破，打坐何用？讲经说法何用？又如何能度众生呢？因此，有人跟我说："佛教里，我只把释迦牟尼看在眼里，其他皆不足观！"我便回答他："我连十八王公都看在眼里呢！这些神道你都要尊重他，才能一步一步慢慢往上爬。甚至于要把一切苦难的众生都放在眼里，去救拔他们，否则，这个世界如果只有你，你如何发上求佛道，下化众生的菩提心呢？"

——原载一九八五年十月、十一月《人生》杂志